FVA

Claire Beyer in der
Frankfurter Verlagsanstalt:
Rauken. Erzählung
Rosenhain. Sechs Geschichten von fünf Sinnen
Remis. Roman

Claire Beyer

ROHLINGE

Roman

FRANKFURTER VERLAGSANSTALT

Für Franziska und Maximilian

1. Auflage 2009
© Frankfurter Verlagsanstalt GmbH,
Frankfurt am Main 2009
Alle Rechte vorbehalten
Herstellung und Umschlaggestaltung: Laura J Gerlach
Umschlagmotiv: Neo Rauch
Satz: Fotosatz Reinhard Amann, Aichstetten
Druck und Bindung: GGP Media GmbH, Pößneck
Printed in Germany
ISBN 978-3-627-00163-6

Die Menschen sind füreinander da.
Also belehre oder dulde sie.

Marc Aurel

I

Hast du auf meinen letzten Brief geantwortet? Nein! Und auf den davor? Auch wieder Nein! Donald, du bist jetzt doch fast ein Mann und ich erwarte von dir, dass du dich auch so verhältst. Seit Wochen habe ich dich nicht am Telefon gesprochen. Deinen Vater schon, aber was will ich dem glauben! Ich möchte aus deinem Mund hören, wie es dir geht und ob du befolgst, was ich dir gesagt habe. Ich höre, du hast noch immer keinen richtigen Lehrer! Eine Lehrerin, berichtest du, aber nicht nur deine Schreibfehler zwingen mich, erneut darauf zurückzukommen. Ich bin noch immer überzeugt, dass ein Mann besser für dich wäre. Ein Junge braucht Vorbilder. Gute Vorbilder, nicht solche wie deinen Vater. Es ist doch so, dass er immer noch zuviel trinkt? Ich habe die Sorge, dass es auch bei dem Goldschmied, bei dem er arbeitet, schiefgehen wird – wie immer bei ihm. Für Schmuck braucht es eine ruhige Hand. Und Alkohol macht die Menschen zu Espen. Ja, sie zittern wie Espenlaub. Wie soll er da so wertvolle Steine fassen!

Ich beklage mich nicht darüber, dass er kein Geld schickt. Auch wenn es schwieriger wird, mit meiner Rente auszukommen. Du weißt, ich greife das Erbe nicht an, es ist für deine Zukunft gedacht. Aber die von deinem Vater versprochene Geldanweisung ist nicht bei mir eingetroffen. Jeden Tag gehe ich mit meinem kranken Bein zur Poststation und frage nach. Nun, das ist noch nicht dein Problem. Aber erinnere deinen Vater daran!

Hier im Dorf geht es drunter und drüber. Okrekums ist nicht mehr, was es einmal war. In den Gärten stehen überall Verkaufsschilder. Du erinnerst dich doch an Jakobs Haus? Es war das Erste, das verkauft wurde. Bagger rückten an und rissen es einfach ab. Ich schwöre bei deiner Urgroßmutter, das alte Haus hat gestöhnt und geklagt. Lieschen und Gustav standen mir bei, sonst hätte mich der Schlag getroffen. Auch die Gebäude, die unten am Strand standen, sind weg. An ihrer Stelle hat man über Nacht eine weiße Siedlung hingestellt. Wenn sie an mein Haus gewollt hätten, ich hätte die alte Büchse geholt und sie eigenhändig erschossen! Du kannst dir sicher vorstellen, wie unsere arme Madeleine gelitten hat. Tagelang gab sie nur wenige Tropfen Milch.

Und ich kenne unsere Straße nicht mehr. Mitten drin haben sie jetzt einen Kreisverkehr gebaut, wo es doch nur den einen Weg zum Hafen gibt. Die anderen Ausfahrten können gerade noch Ziegen benutzen, sonst gibt es da nichts. Aber das ist noch nicht alles, mein lieber Junge. Ich habe dir ja geschrieben, dass Okrekums einen Supermarkt bekommen hat. Ich bin dort gewesen, weil mir das Salz ausgegangen ist und Janis Wisnauskus mit seinem Krämerwagen nur noch selten vorbeikommt. Regale gibt es dort, die so hoch sind wie unser Apfelbaum. Hast du eine Vorstellung, wie viele Sorten Salz es zu kaufen gibt? Bei Janis sage ich, ich brauche Salz, und er gibt es mir. Dort halten sie mir die feinsten und besten Waren vor die Nase. Ich kann mich nicht entscheiden und ich kann sie nicht bezahlen.

Deshalb erinnere deinen Vater an das versprochene Geld.

Ich vermisse dich, Junge. Aber natürlich bist du in Deutschland besser aufgehoben. Lerne fleißig und sei ordentlich. Und lerne gutes Deutsch, sonst wird nichts aus dir. Und gehe am Abend nicht auf die Straße. Du bist ein Wagner und die bringen es zu etwas. Sag das auch deinem Vater!

Gottes Segen für dich und schreibe mir bald wieder.

Deine Omīte.«

Donald war es ungeachtet der geäußerten Kritik nicht besonders schwergefallen, innerhalb nur eines Schuljahres seine Diktate und Tests so abzuliefern, dass er akzeptable Noten bekam. In einem Aufsatz nannte er die Bundesrepublik Deutschland, in die sein Vater ihn aus der lettischen Heimat mitgenommen hatte, die reiche Heimat. Dass seine Familie im Osten, zumindest die väterliche Linie, deutsche Wurzeln hatte, erleichterte es ihm zwar, in der deutschen Sprache zu denken und in ihr so etwas wie eine Muttersprache zu sehen. Die Omammīte jedenfalls verlangte das von ihm. Dabei war er sich nicht immer klar darüber, was Muttersprache eigentlich bedeutete. Wie seine Großmutter zu sagen pflegte, war ja alles ein großes Durcheinander geworden. In Okrekums, dem kleinen lettischen Dorf seiner Kindheit, war es für ihn jedenfalls einfacher. Auf der Straße wurde lettisch gesprochen, in der Schule ebenfalls, die Zeitungen schrieben lettisch und wenn der Händler mit seinem Wagen ankam, schrie er seine Angebote in lettischer Sprache. Nur um den Küchentisch herum, und es war ein großer Küchentisch, sprach man deutsch, wobei die Melodie eine lettische blieb. Die Großmutter versuchte mit ihrem hart gefärbten Deutsch den Teil des Erbes zu retten, der noch nicht in der Weser versunken war. Und so hütete sie, obwohl ihr Herz längst dem kleinen, verzauberten lettischen Dorf am Meer gehörte, eifersüchtig die Worte ihrer Vorfahren. Sie zitierte, was es zu zitieren gab, und schöpfte die Weisheiten unermüdlich aus ihrem eigenen Schatzkästlein, einem lang verjährten weserbergländischen Heimatkalender.

In der neuen, der reichen Heimat musste der Junge sich auf deutsche, englische, türkische, arabische, russische, serbische, kroatische, italienische, spanische, griechische, albanische, rumänische, polnische oder Worte noch fremderer Sprachen einstellen, die auf dem Schulhof gesprochen wurden. Bei den Zahlen war das einfacher. Diese Zeichen verstanden alle, und das war der Grund, warum Donald, ohne darüber nachgedacht zu haben, die Mathematik bevorzugte.

Innerhalb des gleichen Schuljahres konnte sich eine Lehrerin zwar eingestehen, den falschen Weg gegangen zu sein, um dennoch fahrig und ohne Konsequenzen an der einmal eingeschlagenen Richtung festzuhalten. Sie mochte dabei auf ihren Umzugskisten hocken bleiben, solange sie wollte. Ohne die tiefere Einsicht zur Veränderung würde es keine Lösung für sie geben.

Auch nicht für den Handwerker und gescheiterten Klein-unternehmer, der bereits einen Schritt weiter war, also auf der Flucht, und ebenso wenig für die ziellos gewaltbereiten Jugendlichen, deren bevorzugter Treffpunkt, die Bushaltestelle, nur theoretisch auf einen Aufbruch hinwies. Wenn sie auf einen Bus warten würden, wäre der jedenfalls längst abgefahren.

All dem gegenüber völlig gleichgültig lag eine alte Hündin friedlich auf ihrem Platz. Längst hatte sie sich die Zähne ausgebissen und spürte, dass alle Kämpfe vergeblich waren. Also wartete sie auf nichts mehr und das schien ihr die vernünftigste Entscheidung zu sein.

*

Über die weiten winterbraunen Felder. Das Lange Feld, die Kornkammer. Alte Worte, die Sehnsucht weckten. Von Pferden, die den Pflug ziehen. Von Katzen, die Mäuse fangen, die sich auf übrig gebliebene Körner stürzen. Von Frauen, die Garben binden. Im Märzen der Bauer. Den Furchen entlang.

Sie ging ihren Weg, das große weiße Viadukt stets vor Augen. Ihr Land, Keltenland. Wie häufig in letzter Zeit begleitete sie in größerem Abstand die alte Hündin des Aussiedlerbauern. Sie, deren Namen Karin Beerwald nicht kannte, humpelte wie eine treue Nachhut hinter ihr drein.

Die Hündin nahm nicht den geteerten Weg, sie hielt Abstand, blieb im weichen Ackerrain und wich geschickt den Steinen aus, die der Winter ans Licht befördert hatte. Weit oben drehte ein roter Milan über den kahlen Weinbergen seine Kreise. Noch lagen die meisten Felder brach. Nur das eine, das Immergrüne, war unbeeindruckt vom Wechsel der Jahreszeiten. Auch den Milan schien es anzuziehen, schwerelos stand er bald hoch über dem Grün im Wind. Im Frühjahr wuchs dort die Luzerne heran, blau blühend und von Hummeln umworben. Das Feld brummte dann zufrieden wie ein alter Bär in der Sommersonne.

Doch bis dahin war es noch lang. Nicht einmal der Schnee war liegen geblieben, er hätte den Schmutz gnädig zugedeckt. War das nicht die Aufgabe des Winters? Karin wich den größten Pfützen aus, erreichte bald den Rand eines kleinen Tümpels, der, abgetrennt vom fließenden Gewässer, Vögeln und Fröschen Schutz bot. Die Hündin blieb ein Stück weiter oben stehen. Sie schnupperte am Wasser, trank aber nicht, was Karin gut verstehen konnte. Lange, braunverwitterte Fäden schlangen sich um verrottete Zweige und kleine Stämme: In jeder anderen Jahreszeit mochte der Tümpel einen erfrischenden Anblick geboten haben. Der Februar aber war ein Monat ohne Hoffnung. Zu lange schon währte der nasskalte Winter, als dass sich in Karin eine Vorfreude auf den Sommer hätte einstellen können.

Sie wandte sich mit einem resignierten Achselzucken um. Die Hündin war verschwunden. Stattdessen stand da plötzlich ein kleiner Junge und wühlte verlegen mit einem krummen Stock im Morast herum. Er mochte vielleicht zehn, vielleicht elf Jahre alt sein. Ihr erster Impuls war, ihn zu warnen, es war nicht ungefährlich, den sumpfigen Boden zu betreten, sie unterließ es aber. Kinder in diesem Alter, dachte sie, wissen selbst, wie weit sie gehen dürfen. Ihre Aufgabe war es jedenfalls nicht, ihn zu ermahnen. Der Junge lachte sie jetzt an, griff nach einem weiteren Stock, den er ihr in ihre Richtung hielt. Was sollte sie damit? Sie schüttelte den Kopf. Es war sein Spiel, nicht das ihre.

»Bitte.«

Er sagte es mit dieser seltsamen, harten Wortfärbung. Sie zögerte, schickte sich dann aber an weiterzugehen, den Jungen nicht zu beachten. Kinder! Davon hatte sie in ihrer 4b mehr als genug. Wenigstens auf den Spaziergängen wollte sie in Ruhe gelassen werden. Außerdem verspürte sie schon seit dem Morgen eine Übelkeit, die den ganzen Tag nicht weichen wollte. Sie brauchte Ruhe. Ruhe war wichtiger als alles andere. Jeden Morgen diese kraftraubende Anstrengung, diese Überwindung, das Klassenzimmer zu betreten. Die Mauer zu durchbrechen, um dann einzelne Steine liegen zu sehen. Steine. Das sind ihre Schüler wahrlich. In jedem einzelnen stecken Tausende von Generationen. So kommen sie schon zur Welt. Machen Sie einen Edelstein daraus, fordern die Eltern, einen geschliffenen Diamanten, so funkelnd, wie ihn die Welt noch nicht gesehen hat.

Der Junge hatte den zweiten Stock im weiten Bogen in den Tümpel geworfen. Karin sah es, als sie sich noch einmal umschaute.

Sie war noch weit von ihrer Wohnung im Dachgeschoss eines Dreifamilienhauses entfernt. Um das Haus grünte kein Garten, lediglich eine Bahn unbegehbarer Platten grenzte es von den Nachbargrundstücken ab. Karin Beerwalds spärlicher Freisitz war eine Aussparung im Dach, der gerade einmal zwei Stühlen und einem verwitterten alten Kaktus – einem Luftgewächs ohne Anspruch – Platz bot. Im Sommer war es auf den braunen Tonfliesen zu heiß, im Winter zu kalt. Sie betrat ihren Balkon nur, wenn die Pflanze in ihr Gesichtsfeld kam. Das stachelige Ungetüm hatte sich im Laufe der Zeit einen ganzen Stamm von neuen Trieben zugelegt. Karin vermutete, um mehr Aufmerksamkeit zu bekommen. Das Blühen war nicht seine Sache. Es war ein Treppenhauserbstück, das von dem Spediteur fälschlicherweise eingepackt worden war. Nach ihrem Umzug hatte sie den Kaktus wochenlang in einem Karton vergessen. Als der alte Haudegen schließlich aus seiner dunklen Behausung befreit wurde, zeigte er nicht die Spur eines Verfalls. Überleben ist alles, dachte Karin, und als wolle er das beteuern, hatte er sich noch schärfere Widerhaken zugelegt. Nur die Erde, in der er steckte, hatte tiefe Risse bekommen. Sie nahm es als Beweis dafür, dass es sich bei ihm um ein organisches Wesen handelte.

Vor ihrer Versetzung an die hiesige Grund- und Hauptschule hatte sie sich lange nach bezahlbaren Wohnungen umgesehen. Karin war aufgefallen, dass die starre Anordnung in Wohn-Schlaf-Kinderzimmer, Bad und Küche ihr wachsendes Unbehagen bereitete. Sie wollte ihre Wohnfläche anders, denn die genormte Anordnung der Anschlüsse für Telefon, Fernseh- oder Elektrogeräte zwang zu einem völlig fantasielosen, wenn auch sehr funktionalen Leben. So entschloss sie sich zu einer unkonventionellen Lösung: Das größte Zimmer wurde ihr Arbeits- und Schlafzimmer, ihr Lebensraum, ihre Oase. Die anderen Räume blieben unbewohnt. In ihnen standen die unausgepackten Umzugskisten. Mit der Zeit waren die Kartons immer leichter geworden, und sie hatte den Verdacht, dass die Kisten ihren Inhalt ganz allmählich verdauten. Karin betrat diesen Teil der Wohnung nur, um ab und an zu lüften.

Sie schlief, las und lebte in ihrem Zimmer. Da es quer zur Grundfläche des Gebäudes lag, hatte es zwei in die Dachschrägen eingelassene Fenster. Unter das nördliche hatte sie eine Küchenleiter gestellt. Kam die kleine Straße abends zur Ruhe, stieg sie auf die unterste Sprosse und betrachtete von dort den Himmel. War er sternenklar, verbrachte sie die Nacht auf dem obersten, gepolsterten Trittbrett sitzend. Nicht, dass sie ein bestimmtes Sternbild anvisierte, sie kannte sich gar nicht aus damit, sie saß nur da und schaute nach oben in die endlose Sternenwelt, bis ihr irgendwann die Augen zufielen.

»Im Sitzen zu schlafen ist ureigen. Die frühen Vorfahren taten es aus Angst vor wilden Tieren oder Angreifern anderer Stämme, die späteren, weil sie glaubten, liegend zu schlafen locke den Tod herbei.«

Karin hatte es nachgelesen, weil sie mehr über den Schlaf wissen wollte, darüber, warum er sie attackierte, wenn sie ihn nicht wollte, hellwach und mit klopfendem Herzen in ihrem Bett liegen musste, wenn es Schlafenszeit war. Atemübungen waren vergeblich, auch andere Tipps von Ärzten oder Bekannten funktionierten bei ihr nicht. Sie lag da, starrte mit geöffneten Augen an die gemaserte Holzdecke. Die entzog sich ihrem Blick und wurde zu einer dunklen Fläche, auf der ihre Gedankensplitter farblose Mosaike ohne Bedeutung bildeten und, bar jeder Regel, aus tiefen Höhlen kommend wieder in solche verschwanden. Chaos an der Decke und in ihrem Kopf, ein tyrannisches Knäuel aus dem Hinterhof ihres Bewusstseins. Allein die Zeiger des leuchtenden Weckers verbanden sie mit dem Leben, dem Morgen, der ersten Unterrichtsstunde. Schlafe, schlaf ein, sinke doch endlich durch die Kissen ins Meer und tiefer noch, in den heißen Schoß der Erdmutter. Aber ihr Schlaf, ihr eigener, persönlicher Schlaf war ein Narr. Du hast mich gerufen, griente er sie mitten am Tag an, hoppla, da bin ich! Mit hellwachen Augen hinter seiner grellen Maske manipulierte er sie und drehte an ihrer inneren Uhr. Ach, es ist doch gar nicht die Zeit für mich, lachte er, wenn sie kaum noch gegen ihn ankämpfen konnte. Und nachts ließ er sich nicht blicken, schickte, wenn überhaupt, dann nur seinen Schatten vorbei, der ihr kühl über die Augen fuhr. Sie fürchtete ihn ebenso sehr, wie sie ihn herbeisehnte.

Nur auf der Küchenleiter, an das Kiefernholz der Dachaussparung gelehnt und in die Sternennacht schauend, kam dem Narren die Macht über sie abhanden. Der Himmel war zu gewaltig für seinen Übermut, er überließ sie den Sternen. Für ein paar Minuten oder Stunden. Und an wessen Arm sie dann irgendwann in ihr Bett fiel, wollte er gar nicht wissen.

Weitergehen, nicht daran denken, jetzt tief die frische Luft einatmen, die von den Gerüchen der Wiesen gespeist war. Karins Spaziergänge wurden immer länger. Als sie von ihrem Spaziergang zum Tümpel in ihre Dachwohnung zurückkam, setzte sie Wasser auf, übergoss den Tee und schaute zur Uhr. Für die *Weiße Mischung* musste sie genau auf die Minuten achten. Fast alles war wie sonst. An diesem Tag aber schellte die Türklingel und unterbrach ihr tägliches Ritual. Karin entschloss sich, das Klingeln zu ignorieren. Sie erwartete niemanden. Der Postbote war schon durch, er musste längst seinen kleinen gelben Wagen im Kreis gedreht haben, wie er es immer tat, wenn seine Tour beendet und die Taschen geleert waren. Der Paketdienst? Nein, sie hatte sich nichts bestellt. Wieder läutete es. Und gleich darauf ein weiteres Mal. Sie wollte nicht, ging dennoch zur Sprechanlage und erkannte den Dialekt sofort:

»Bitte, kann ich hochkommen?«

Den Jungen hatte sie total vergessen. Aber wie nur war er an ihre Adresse gelangt?

Das war kein Problem für Donald, darin war er geübt. Schon früh in seinem jungen Leben hatte der kleine Kerl von seiner Omammīte eingeimpft bekommen, wie wichtig es war, Adressen zu haben. Adressen waren wertvolle Besitztümer, die in Lettland jeder wie einen Goldschatz hütete. Landsleute, die in alle Welt zerstreut waren, sandten unentwegt Briefe in ihre Heimatdörfer, und wenn sie zu Hause keine Angehörigen mehr hatten, wurde einfach an die Poststation geschrieben, um in der Fremde nicht verloren zu gehen. Dort lebte eine rege Tauschbörse mit Adressen auf, die kein Konsulat hätte leisten können. So blieb jeder, der fortging, ein Teil des Landes. Okrekums, das kleine Dorf am Meer nahe Engure in der Bucht von Riga, machte da keine Ausnahme. Fast zwei Drittel der Jungen war ins westliche Ausland gegangen. Die zurückgebliebenen Alten lebten vom mageren Fischfang oder einer kleinen Landwirtschaft. Einzelne betrieben daneben einen rührigen Handel mit Antiquitäten, insbesondere mit Ikonen aus Weißrussland oder solchen, die aus Weißrussland hätten stammen können. Da die Besucher aus dem westlichen Europa gute Preise dafür bezahlten, konnte das alles so falsch nicht sein.

Donalds Großmutter Irene Wagner dagegen versorgte sich vor allem mit dem, was ihr Garten hergab oder das Federvieh ihr bescherte. Eier und Kartoffeln. Kartoffeln und Eier. Das wenige, das sie sonst noch brauchte, brachte Janis Wisnauskus in seinem Krämerwagen mit. Er fuhr von Dorf zu Dorf, kannte seine alt gewordene Kundschaft und war nebenbei Überbringer von Neuigkeiten, auf die alle ebenso sehnsüchtig warteten wie auf Mehl, Salz oder

Reis. Oder auf das Hochprozentige, das er wie die Tabakwaren immer unter einer rauen Militärdecke hervorzog. Die teuren Zigarren lagerten in einem alten Humidor aus Wurzelholz, der mit Elefantenfiguren aus echtem Elfenbein geschmückt war. Donalds Großmutter kaufte niemals Alkohol. Die erworbenen Zigarren aber rauchte sie in andächtiger Haltung vor dem Haus. Dabei beobachtete sie der Junge, den das Zusehen ebenso entspannte wie sie der Tabak. Er wusste, wenn seine Omīte ihre Rauchzeichen gab, war die Welt in Ordnung.

Irene Wagner hatte nicht wie die anderen Alten geweint und geklagt, als ihr Sohn Juris mit dem geliebten Enkel den Bus bestiegen hatte. Aufrecht und stolz war sie vor den Ihren gestanden. Sie war sich sicher, alles Wichtige gesagt zu haben. Wie ihre Vorfahren aus Bremen sollte auch ihr Enkel Donald ein Kaufmann werden. Er würde im westlichen Ausland alles Grundlegende lernen und mit seinen Erfahrungen und dem wertvollen Wissen über Gewinn und Verlust wieder zurückkehren. Dabei hatte sie selbst genügend Einsicht in die Materie. Mit Begriffen wie *Baisse* oder *Hausse* war sie aufgewachsen, nun dienten die Aktien der Familie gerade noch dazu, den Hühnerstall auszulegen. Notgedrungen hatte sich Irene Wagner im Laufe ihres Lebens ein eigenes Kapitalmodell aufbauen müssen, das sie die *Brotwährung* nannte und nichts anderes bedeutete, als immer und überall zu tauschen und zu feilschen. In Okrekums blieb sie ungeachtet der offenkundigen Tatsachen die reiche Erbin der sagenumwobenen Bremer Fabrik. Da nichts länger hält als Legenden, konnte sie sich wenigstens dieses Schatzes großzügig bedienen. Allerdings starb ihr allmählich das Publikum weg. Schon deshalb sollte sich Donald mit dem Erwachsenwerden beeilen, er allein konnte der Legende neues Leben einhauchen. Sie war sich sicher, er würde alles Notwendige dafür tun, wenn sie nur energisch genug auf ihn einwirkte. Warum also weinen wie ein Klageweib.

Donald war alles Glück in die Wiege gelegt worden. Ihr Sohn dagegen war der Sohn seines Vaters. Ihren Ehemann hatte Irene bald nach der Geburt von Juris aus dem Haus geworfen, was in damaliger Zeit einem Skandal gleichkam, zumal sie auch seinen Namen ablegte. Wollte Donald mehr von seinem Großvater wissen, wies sie auf das Federvieh vor dem Stall und sagte, ein Gockel auf dem Hof reiche. Worauf Donald überzeugt war, dass sie den Großvater in einen Hahn verwandelt hatte. Der Gedanke jedoch machte ihm keine Angst, denn mit solcherlei Dingen war er vertraut. Wie viele andere im Dorf konnte auch seine Großmutter rauchen, wunderbare Pfannkuchen backen, Fische köpfen, Beeren sammeln und eben zaubern. Aber nur sie allein war fähig, mit fünf Münzen gleichzeitig zu jonglieren. »Wir Bremer«, sagte sie stolz, wenn sich die Groschen in kaum wahrnehmbarer Luftakrobatik wieder in ihrer Hand versammelten, »ja, wir aus Bremen können mit Geld umgehen.«

Donalds Vater war weder Fischer noch Händler. Er war Künstler, Bernsteinkünstler. Über lange Zeit hatte er in Riga bei einem Goldschmied gearbeitet und gelernt, die hellgelben oder lichtbraunen Wasser- und Erdfrüchte des Baltikums zu fassen und ihre Sprache zu verstehen.

»Brennstein, Tränen der Götter oder Heilende Wärme. Sie haben viele Namen«, sagte er oft zu Donald. Bekam er jedoch einen Bernstein in die Hand, der sich um einen Käfer oder eine Pflanze geschlossen hatte, hielt er ihn wie eine Muschel an sein Ohr. »Wie du wohnst in deinem Bernsteinhaus, du krabbelbeinig Kleine.« Donald war ganz berauscht vom Glück des Vaters und formte stumm die Worte nach. Selten nur durfte sein Sohn ihn zum Strand begleiten, weil Juris oft in den Dünen blieb und dort auch übernachtete. Er wollte als Erster zur Stelle sein, wenn der Westwind aufkam. Zwischen Seetang und Geröll schwammen sie dann an, Harzboote aus dem Tertiär, fünfundfünfzig Millionen Jahre alt. Juris, der Bernsteinkönig, nannten ihn die anderen, die neidlos seine Funde bewunderten.

Dagegen war die Zeitspanne, die seit Donalds Abreise aus Okrekums vergangen war, kaum der Rede wert. Und doch reichte sie beinahe aus, den Jungen zu Stein werden zu lassen. Er wehrte sich dagegen, brach die Krusten auf, trat nach ihnen. Auch an diesem Tag, als er auf dem Weg zu der Frau war, die seine Nachhilfelehrerin werden sollte.

*

Neugier war es nicht. Karin Beerwald drückte auf den Türöffner, weil die Stimme des Jungen ehrlicher klang als alles, was sie seit langem gehört hatte. Als wäre er schon immer diese Treppen emporgestürmt, eilte der Junge die

Stufen zu ihrer Wohnung hoch. Er müsse sie sprechen, nein, der Vater wolle sie sprechen.

»Ich brauche bitte Hilfe.«

Die Schuhe noch nass, stand er vor ihr. Bat um Entschuldigung, er habe sie gesehen, dort, am Tümpel, sich aber nicht getraut, sein Problem anzusprechen. Ob sie nicht Nachhilfe geben könne in Deutsch, er könne reden, aber nicht schreiben.

Als wäre es eine Eintrittskarte, streckte er ihr einen Geldschein entgegen. Sie wehrte ab. Er solle sein Geld einstecken. Sie gebe keine Nachhilfestunden. Die Enttäuschung stand Donald ins Gesicht geschrieben.

»Wie heißt du?«

»Donald. Donald Wagner aus Riga.«

»Also, Donald Wagner aus Riga, ich habe nicht vor, dich zu unterrichten.«

»Aber Sie sind doch Lehrerin und ich brauche einen Lehrer in Deutsch. Alles andere macht keine Probleme. Mathe ist gut, Katholisch ist gut, Erdkunde und Biologie immer eine Eins und so.«

»Wie alt bist du, Donald?«

»Elf Jahre.«

»Auf welche Schule gehst du?«

»In die Hauptschule im Tal, zum Herrn Vogelbauer. Er schickt mich zu Ihnen, hat gesagt, auf meinen Worten liege zuviel lettischer Raureif, der müsse herunter.«

Sie kannte den Kollegen. Werner Vogelbauer war ein Quereinsteiger. Und ungemein engagiert. Mit fast legendärem Ruf. Er brachte es fertig, aus einem gelangweilten Haufen pubertierender Jugendlicher aufmerksame Schüler zu machen. Sein Einsatz endete nicht am Schultor, und als Fachbereichslehrer für Mathematik und Chemie bestach er mit Lehrmethoden, die so viel Erfolg hatten, dass selbst Eltern Interesse am Unterricht ihrer Kinder zeigten. Und das, obwohl gemunkelt wurde, er habe einen hochdotierten Job in der Industrie durch eigene Schuld verloren. Von einem missglückten Experiment war die Rede, unter seiner Aufsicht sei die halbe Chemiefabrik seines früheren Arbeitgebers in die Luft geflogen. Den Schülern war dieses Gerücht zusätzliche Motivation, ihr Lehrer wurde so zu ihrem geheimen Komplizen. Karin seufzte. Kollege Vogelbauer wäre ohne Frage als Bruder von Albert Einstein durchgegangen. Ein Zausel mit Lachfalten und einem großen Herz, der am bürgerlichen Alltag vorbeilebte. Er also schickte den Jungen. Es blieb ihr kaum etwas anderes übrig, als seiner Empfehlung nachzukommen. Werner Vogelbauer etwas abzuschlagen war einfach unmöglich; und das wusste er.

Aber Karin sträubte sich. Sie fühlte sich von zwei Seiten unter Druck gesetzt und wollte, nein, sie konnte an ihren freien Nachmittagen nicht noch mal Energie für andere aufbringen. Werner Vogelbauer hin oder her.

Als kenne der Junge ihre Entscheidung, drehte er sich langsam von ihr weg.

Kein Trotz, kein Lamentieren, keine Posen, allein Resignation und Verlorenheit eines Kindes, das am Rand der Welt zurückgelassen wurde.

Nicht diesen Anblick. Sie hatte sich immer dagegen gewehrt. Flehen, Fordern, Bitten. Das Repertoire der Schüler war grenzenlos, wenn es darum ging, sich einen Vorteil zu verschaffen. Allein Distanz gewährte ihr Schutz und jetzt bröckelte diese Mauer. Sie trat vor ihn.

»Na, gut, Donald aus Riga, ich werde dich unterrichten. Aber nur, wenn du meine Anweisungen befolgst, und zwar ausnahmslos!« Aufatmend stellte sie fest, dass der Junge ihr Einverständnis nicht wie einen Sieg entgegennahm. Er kokettierte nicht, deutete ihr mit einem stummen Nicken eine Dankbarkeit an, die sie in diesem Moment nicht mit den Aufgaben füllen wollte, die auf sie zukommen würden. Sie hatte ihren Schutzschild verloren und kapitulieren müssen. Nun lag es an ihm, mit seinen Leistungen den Verlust wettzumachen. Diese Forderung war ihr Gesetz, kein Freundschaftsdienst, dessen musste er sich bewusst sein.

Er solle am nächsten Tag mit seiner Mutter vorbeikommen, dann könnten sie alles besprechen. Donald nickte wieder, sagte dann aber leise, er bringe seinen Vater mit, Mutter sei gegangen.

»Wie, gegangen?«, fragte Karin.

»Sie lebt nicht mehr.«

Der Junge sah – zum ersten Mal trotzig – in ihr Gesicht. Er zwang sie zum Wegschauen.

»Gut, also bring den Vater mit.«

Sie sagte es und schob ihn über den langen Flur zur Tür. Er war kaum zu spüren, ein leichtes Kerlchen, ihre Hand zwischen seinen Schulterblättern spürte fast keinen Widerstand.

Donald wartete täglich auf Post. Lag ein Brief von seiner Omīe im Kasten, vergaß er sein neues Zuhause, die vergangenen Stunden in der Schule, den Spott und die Hänseleien auf dem Pausenhof und alle kommenden Tage, die wie eine dunkle Schmutzschicht vor ihm lagen. Nur fiel ihm zunehmend schwerer, ihr zu antworten.

Seine Großmutter schrieb oft. Sie berichtete, was sich in Okrekums zutrug. Doch gab es nichts, mit was sie ihn sonderlich überraschen konnte. Ihre Welt waren Haus und Hof und die Nachbarschaft. Er jedoch hatte seine Spielstätten zurücklassen müssen, die grenzenlos gewesen waren. Dorthin reichten weder ihr Arm noch ihre Ermahnungen. Verbotene Plätze wie der russische Tanker, der würdevoll und ohne Hast im seichten Hafenbecken verrostete und auf dessen Kommandobrücke sich die Knöpfe noch immer drehen ließen. Mit ihm ging er auf große Fahrt, trotzte Stürmen und Piraten. Nie war es ihm langweilig gewesen. Und gab es auch keine Spielkameraden, so hatte er sich doch gut vorstellen können, mit einem herbeigeträumten Gefährten alle Gefahren zu meistern. Dann wieder waren es die Brutplätze der Haubenenten, deren Revier zu betreten strengstens untersagt war. Aber die Vögel ärgerte er nur zu gerne, worüber sie sich seiner Überzeugung nach bei den Naturschützern beschwerten. Ihnen und den Erpeln zu entkommen, war ein gewagtes Abenteuer, von dem seine Omīe ebenso wenig wusste wie von seinen Fahrten mit dem Tanker. Dennoch sehnte er ihre Briefe herbei. Er konnte seine Omīe vor sich sehen, die auf dem großen Tisch Ordnung schaffte, das Schreibpapier aus der Schublade nahm und mit dem blauen Kugelschreiber, an dessen Mine schon so viele Kreuzworträtsel hafteten, steile und akkurate Buchstaben aneinanderreihte. Er stellte sich vor, wie streng und ernst ihr Gesicht bei den Ermahnungen wurde, sich keine falschen Freunde zu suchen und sich am Abend nicht auf der Straße herumzutreiben. Und wie weich es aussah, wenn sie schrieb, dass sie ihn so sehr vermisse. Aber er dachte auch an den zusammengekniffenen Mund, wenn sie wieder und wieder einen Nachhilfe*lehrer* forderte und sich darüber beschwerte, dass er ihr nicht gehorchte. Doch ihr Wille hatte bei seiner Beharrlichkeit, an Karin Beerwald festzuhalten, keine Chance.

Er war so erleichtert gewesen, als Frau Beerwald nach ihrer anfänglichen Ablehnung dem Unterricht schließlich doch zugestimmt hatte. Was es gewesen war, warum sie ihre Meinung so schnell geändert hatte, konnte er nicht erklären. Aber sie hatte sich für ihn entschieden. Darauf war er stolz, und so würde es auch bleiben. Sie war zufrieden mit ihm, das allein war wichtig. Und er mochte sie gerne. Außerdem roch sie so gut. Er konnte sich keinen anderen Menschen als Nachhilfelehrer vorstellen. »Kleine Schritte, Donald.« Allein wie sie seinen Namen aussprach. Das hörte sich richtig gut an. Sie formte den Mund bei der ersten Silbe wie zu einem Kuss, und bei den letzten beiden Buchstaben öffnete sie ihn wieder, und manchmal sah er, wie ihre Zunge dabei den Gaumen berührte. Die anderen, auch sein Vater, verschluckten das A, machten den Namen damit fast stimmlos, nicht einmal den Mund bewegten sie dabei. Nein, seine Großmutter würde ihm Karin Beerwald nicht wegnehmen können. Eher würde er ihr nicht mehr schreiben.

Also erwähnte er in seinem Brief keinen Namen, dafür ausweichend, dass er am Abend weder auf die Straße gehe noch falsche Freunde habe. Aber er schrieb nicht, dass er überhaupt keine Freunde hatte. Und auch nicht, dass er am frühen Morgen manchmal für seinen Vater die Zeitungen austrug, weil der oft erst spät in der Nacht von der Arbeit im Kühllager zurückkehrte. Er hatte auch nie geschrieben, dass die Wohnung, in der sie lebten, über einer Gastwirtschaft lag und der dröhnende Lärm von dort bis in die letzten Winkel der beiden Zimmer zu hören war. Und nicht, wie sehr es im Treppenhaus nach Urin und Erbrochenem stank, nicht, dass er einem Jungen die Nike-Kappe aus der Anoraktasche gestohlen hatte. Dafür schrieb er, dass die Vorstadt sauber und schön und reich sei. Und dass sie berichten solle, wie es der Kuh Madeleine gehe.

Er malte eine Blume neben seinen Namen. Und wie immer durfte das Herz nicht fehlen. Er nahm dafür den gelben Stift, weil ihm der rote geklaut worden war.

Sich die Nike-Kappe aufzusetzen wagte er nicht, wenn er auf die Straße ging. Noch nicht einmal auf dem Weg zum nahen Briefkasten setzte er sie auf. Sie lag versteckt unter seiner Matratze. Aber sobald er alleine war, ging er zum Spiegel und probierte sie aus. Den Schirm nach rechts, den Schirm im Nacken, den Schirm tief ins Gesicht gezogen. In ihr steckte ein Zauber. Auch wenn der nur in seinem Zimmer wirkte. Denn mit der Kappe auf seinem Kopf wagte es keiner, ihn auch nur schief anzusehen. Da war er wer, da machten sie Platz, wenn er den Schulhof betrat, sie verlieh ihm genügend Kraft, die Kopfstöße und Tritte gegen das Schienbein, die lästernden Mädchen und aufgeblasenen Typen seiner Klasse wegzufegen. Irgendwann würde er mit ihr auf die Straße hinausgehen und sich allen zeigen. Nur heute, heute musste das nicht sein.

Der Briefkasten stand gleich neben der Bushaltestelle. Von dort konnte die Kreisstadt, in die der Vorort eingemeindet war, stündlich erreicht werden. Bis abends um acht. Danach nicht mehr. Wer zu spät kam, musste zu Fuß gehen. Es waren nur drei Kilometer, aber die schreckten die meisten ab. Besonders die Jüngeren.

Donald näherte sich dem Wartehäuschen zögernd. Die Bank im Inneren war durch eine Umbauung aus Holzlatten nicht einsehbar. Wenn sich dort die Clique aufhielt, konnte er sie meist schon von weitem hören. Aber heute war es still. Und doch saßen sie da. Vier junge Burschen und ein Mädchen. Unter der offenen Winterjacke trug es ein enges Top, das ihren Bauchnabel freigab. Eine Speckrolle bildete den Übergang zu schwarzen Jeans.

»Ist das nicht der Typ mit dem rattenscharfen Namen?«, fragte sie.

»Yes!«, grölten die anderen.

Er solle verschwinden.

»Hey, Lette! Zisch ab!«

Der dicke Boris sagte das. Der Boss, wie er in der Schule

genannt wurde. Sie hätten wichtige Dinge zu besprechen. Donald schaute auf seine Fußspitzen. Boris anzusehen war gefährlich.

»Ich möchte nur …«

»Negativ!«

Das kam von dem Mädchen.

Trotzdem rührte Donald sich nicht vom Fleck. Den Brief hielt er fest umklammert.

Schließlich ein Zeichen von Boris. Die Play-Twins, Zwillinge, die sich mehr in Spielhallen als in der Schule aufhielten, standen gleichzeitig auf, drehten ihn mehrere Male wie einen Kreisel, bugsierten ihn zum Briefkasten, dann plumpsten sie synchron auf die Bank zurück.

»Sieh zu, dass du Land gewinnst!«

Frierend vor Wut warf er den Brief ein und stahl sich davon. Warum kamen ihm nur gerade jetzt Großmutters Schweine in den Sinn. Als Ferkel waren sie so niedlich und verspielt. Die Muttersau hatte immer große Würfe. Manchmal ging bei der Geburt etwas schief und sie fiel erschöpft zur Seite. Lag dann eines der Kleinen da, hatte es einfach Pech. Von fünfzehn Jungen überlebten deshalb meistens nur zehn oder elf. Diese stritten sich um die Zitzen. Der Stärkste wurde ein großer Eber, der dann beim Dorffest über dem Feuer am Spieß gegrillt wurde. Donald lachte bei diesem Gedanken auf.

Er ging nicht nach Hause, sondern steuerte die Felder an, die am Rande der Stadt lagen. Eine Bahntrasse trennte das weite Land, und er musste eine der Brücken nehmen, um zum Tümpel zu gelangen. Dort fand er die Hündin. Sie hatte sich, den Kopf auf die Vorderfüße gelegt, am Rande des Gewässers niedergelassen. Donald näherte sich leise.

»Sag, hast du keinen Sohn für mich?«

Die Hündin schaute ihn an. Nein, sie hatte keinen Sohn. Er musste sich schon selbst helfen. Sie trank vom brackigen Wasser, schüttelte sich. Einen Moment lang war er versucht, ihr das Fell abzuziehen. Aber Donald wusste von keinem Letten, der das Fell eines Hundes trug.

»Entschuldige.« Er sagte es zu sich. Das Tier stand auf und trottete langsam davon.

»Ja, geh nur, das macht mir gar nichts aus!«

Er würde jetzt nicht weinen.

*

Donald kam und ging. Sein Vater dagegen hatte offenbar weder Zeit noch Lust, Karin kennenzulernen. Mal war es die Spätschicht, ein anderes Mal eine Krankheit. Irgendwann hörte sie auf, Donald nach ihm zu fragen. Der Junge war pünktlich, darauf kam es an. Karin machte sich keine Gedanken darüber, wie er das anstellte. Sie wollte nicht wissen, dass Donald die Strecke vom Vorort bis zu ihrem Haus zu Fuß ging, wollte nicht erfahren, dass kein Geld für Fahrkarte *und* Nachhilfe da war. Im Laufe des Frühjahrs bemerkte sie nur, dass er immer um ein Glas Wasser bat, kaum, dass er ihre Wohnung betreten hatte. Sie lehrte ihn Grammatik, diktierte ihm Wörter mit Dehnungs-H, sprach über die Groß- und Kleinschreibung oder über »dass und das« und was sonst alles noch an Fallen und Fußangeln auf Donald lauern konnte. Der war oft überfordert und durfte, wenn es allzu viel wurde, das Diktatheft schließen und Frau Beerwald einen Zeitungstext oder aus einem Buch vorlesen. War sie zufrieden, erzählte sie ihm vom Siebenjährigen Krieg, der Französischen Revolution oder den großen napoleonischen Eroberungszügen. Und während draußen die Bauern säten und die Jugendlichen gegen die geschmiedete Hinweistafel der Bushaltestelle hämmerten, grub sich Karin tiefer und tiefer in didaktische Literatur über Rechtschreibung. Aber als es längst schon Sommer war, verhinderten Donald Wagners lettische Wurzeln noch immer ein fehlerfreies Diktat. So zumindest sah das Karin Beerwald.

An diesem Tag kritisierte sie seine Patzer ungewöhnlich lautstark und verließ, kurze Zeit nachdem Donald gegangen war, ebenfalls die Wohnung. Entgegen ihrer sonstigen Gewohnheit ging sie nicht zum Tümpel, sondern wählte die Abzweigung zu den Gärten und Weinbergen, die weit außerhalb der Stadt lagen. An Werktagen, auch wenn es ein so warmer Sommertag war wie dieser, traf sie dort nur auf wenige Menschen. Und die waren mit ihren Arbeiten so beschäftigt, dass sie kaum aufsahen, als Karin an den Gartenzäunen vorbeistreifte. Sie wollte zu dem einsam gelegenen Grundstück am Ende der Laubensiedlung, und ihr Ärger war längst verflogen, als sie vor dessen verdorrter Hecke stand. Wie auch in den Jahren zuvor, war die Par-

zelle nicht gepflegt worden und glich jetzt einer unge-
zähmten Wildnis. Was der trockene Sommer an Grün üb-
riggelassen hatte, schlang sich entlang der Dornen. Das
Tor zum verwilderten Garten stand eine Handbreit offen,
weil Disteln das Schloss besetzt hielten. Karin liebte diesen
Ort der Anarchie. Hier konnte sie sich zurückziehen, in der
Hoffnung, in Ruhe gelassen zu werden. Ein kleines Haus,
mehr eine Hütte, drückte sich windschief an eine hohe,
mit Efeu bewachsene Betonwand, die Außenmauer eines
alten Bunkers. Es gab in der Region einige davon, die meisten aber waren längst versandet. Vor und neben der Hütte
bildeten wilde Brombeeren einen undurchdringbaren
Wall. Dass er unzähligen Tieren und Insekten als Behausung diente, konnte nicht überhört werden.

Karin zwängte sich durch das Tor und sah zur blind
gewordenen Fensterscheibe der Hütte. Sie betrachtete sie
nur nebenbei und ihr stockte fast der Atem, als sie im
Innern des Häuschens eine Bewegung wahrzunehmen
glaubte. Ihr erster Reflex war, das sonst verwaiste Grundstück sofort zu verlassen, dann aber, neugierig geworden,
stieg sie über Disteln und trockenes Gras und schlich so
leise wie es nur möglich war zum Fenster.

Den Rücken an die Hütte gepresst, verharrte sie einige
Augenblicke, ehe sie es wagte, durchs Fenster zu schauen.
Es war niemand zu sehen. Natürlich, nie war hier jemand.
Sie ging zur Eingangstür, klopfte, machte sich bemerkbar
und stieß, als keine Antwort kam, mit dem Fuß gegen das
morsche Holz. Die Tür sprang gerade so weit auf, dass ein
Blick ins Innere möglich wurde.

Der Kontrast zwischen dem hellen Sonnenlicht und der dunklen Hütte verhinderte, dass sie etwas wahrnahm. Nur langsam gewöhnten sich ihre Augen an die Dunkelheit. Nach und nach gewann der Raum jedoch die vertrauten Konturen. In der Mitte stand der kleine Gartentisch. Doch auf ihm lagen heute, teils geöffnet, teils verschlossen, Konservendosen. Daneben standen Flaschen, Gläser und ein Krug mit grauen, vertrockneten Margariten, deren Blütenköpfe tief über dem Tisch hingen. An der Wand lehnte ein schwarzer, gusseiserner Kanonenofen. Ihr Blick fiel auf das Holzregal. Sie erkannte längst verrostete Gartengeräte, verschmutzte Farbeimer, Kerzen, zerfledderte Illustrierte und Tageszeitungen, die ordentlich aufeinander gelegt waren. Und hätte da nicht ein hanfblonder Haarschopf, der zu Donald gehörte, hinter dem geschwungenen Rückenteil des dunkelroten Samtsofas hervorgelugt: Bis auf die Vorräte wäre alles wie immer gewesen.

Wer wohl erschrockener war?

»Was machst du denn hier?«

Die Frage stand beiden ins Gesicht geschrieben.

Donald war zu perplex, um eine Antwort zu geben. Schließlich war es *seine* Hütte. Auf einem seiner unzähligen Streifzüge hatte er sie entdeckt. Sie war nicht abgeschlossen, schien ungenutzt und eignete sich vorzüglich als Versteck. Oft saß er über Stunden auf dem roten Sofa und bestaunte die Leichtigkeit der feinen Staubpartikel im Sonnenstreifen, fing Fliegen oder machte einfach gar nichts.

Um die entstandene Verlegenheit zu überbrücken, gab Karin ihm ein Zeichen, die Hütte zu verlassen. Noch einmal sah sie sich um, nahm eine Zeitung aus dem Regal und ließ sich mit ihr auf der Bank vor der Hütte nieder. Der Junge folgte Karin, sichtlich von seinem Schrecken erholt.

»Lesen Sie mir etwas aus der Zeitung vor?«, fragte er.

»Nein, du liest.«

Da Donald zustimmend nickte, schlug sie die Seite der regionalen Meldungen auf und wies mit dem Finger auf eine der Schlagzeilen. Ein Handwerker aus der Nachbarschaft war verschwunden. Sein Auto fand die Polizei auf einem Parkplatz nahe dem Keltenmuseum. Die Umstände seien ungeklärt, aber noch weise nichts auf ein Verbrechen hin. Karin nahm Donald, der den Text stockend wiedergegeben hatte, die Zeitung aus der Hand und schlug vor, sich auf den der Hütte gegenüberliegenden Hang zu setzen, um von dort die Landschaft besser überschauen zu können. Neben einer kleinen Baumgruppe und mit einer schützenden Felswand im Rücken, erzählte sie von Siedlungsorten, Keltengräbern und anderen archäologischen Funden. Da Donald meist nur desinteressiert die alte Hütte anstarrte, ließ sie ihn – nur zur Übung – den Artikel so lange lesen, bis er ihn fast auswendig konnte. Dann legten sie die Zeitung ins Regal zurück. Es begann bereits zu dunkeln, als sie sich beim Aussiedlerhof trennten. Donald saß noch so lange bei der Hündin, bis sie ins Hofareal humpelte.

Der verschwundene Handwerker beschäftigte ihn mehr als ein wiederholt angesprochener Besuch des im Artikel erwähnten Keltenmuseums. Noch in den Schlaf hinein verfolgte ihn der Gedanke daran. Auch hatte er zu fragen vergessen, was sie in dem verlassenen Gartenhaus zu suchen hatte. Wenn er es sich so überlegte, gefiel ihm das überhaupt nicht.

*

Juris war früher als sonst von der Arbeit zurückgekommen und hatte nach seinem Sohn gesucht. Wo er sich nur wieder herumtrieb! Er vermutete ihn in der Nähe der Bushaltestelle. Die Jugendlichen dort schienen Donald fast magisch anzuziehen. Er hatte beobachtet, wie sein Sohn vor dem Spiegel die großspurigen Gesten des Größten nachahmte und dessen derbes Vokabular wiederholte! Er sollte sich mehr um Donald kümmern. Aber wie sollte das gehen? Nach dem Austragen der Zeitung dauerte sein Arbeitstag noch weitere zehn bis zwölf Stunden. In einer Lagerhalle stapelte er in gefüttertem Mantel und mit einer Pelzmütze auf dem Kopf Tiefkühlkost. Danach wollte er nur noch eine warme Dusche und einen Wodka, oder zwei. Einmal wöchentlich rief er, zu immer gleicher Zeit, seine Mutter an. Und jedes dieser Telefonate war die reinste Tortur, weil er aus seinem Lügengebäude kaum mehr herausfand. Den Goldschmiedebetrieb, in dem er angeblich arbeitete, die Ringe, die er aus den Rohlingen anfertigte. Das Lob, das er dafür bekam. Und wenn an den sagenhaften

Bremer Werken etwas dran war, konnte er nur hoffen, dass sein Sohn ihn nicht verriet. Donald und seine Mutter hatten stets die Köpfe zusammengesteckt. Der Junge war nach dem Tod seiner Frau immer mehr zu ihrem Sohn geworden. Sollte seine Schwindelei hier auffliegen, würde das versprochene Vermögen sicher direkt an Donald gehen. Da kannte er seine Mutter gut genug. Ihre Andeutungen waren immer auch Druckmittel gewesen. Aber wenn er ganz ehrlich zu sich gewesen wäre, hätte er längst akzeptiert, dass er mit falschen Versprechungen geködert worden war. Denn von den angeblich so großen Werken in Bremen gab es schon in Okrekums weder Fotos noch einen Namen.

Nach dem zweiten Wodka machte er sich auf die Suche nach seinem Sohn. An der Bushaltestelle war er nicht. Auch nicht auf dem Schulhof. Dort drehte ein kleines Mädchen ein verrostetes Karussell und schien völlig versunken dem Gequietsche nachzugehen. Er unterließ es, sie nach Donald zu fragen. Ziellos streifte er über die Feldwege, vorbei an der alten Linde, das Viadukt stets vor Augen. Er hatte keinen Blick für die sich öffnende Landschaft, roch nicht die Süße der Luzerne. Als er zwei Silhouetten sah, die nahe beieinander saßen und sich über etwas beugten, das er nicht ausmachen konnte, blieb er stehen. Wann war er seinem Sohn zuletzt so nahe gewesen?

Nach Einbruch der Dunkelheit betrat eine magere Gestalt das verwahrloste Gartengrundstück. Die Taschenlampe hielt er nach unten gerichtet und erst nach geraumer Zeit ging der Mann in die Hütte. Er fand alles unverändert vor. Schon am frühen Abend war er da gewesen und hatte die beiden Gestalten beobachtet. Die Frau hatte er erkannt. Eine Lehrerin an der Grundschule. Der Junge war ihm noch nie über den Weg gelaufen. Hier draußen, so weit von den gepflegten Gärten entfernt, war ihm in den vergangenen Wochen keine Menschenseele begegnet. Dennoch hatte er den Verdacht in sich nie ganz zerstreuen können, dass an manchen Tagen jemand in der Hütte gewesen war. Ob das blonde Haar, das er auf dem Sofa gefunden hatte, zu dem Jungen gehörte? So oder so, das alles hieß nichts Gutes, verdammt. Er sollte ein Schloss besorgen. Dann verwarf er den Gedanken schnell wieder. Ein Schloss erweckte Neugier, und wenn er etwas überhaupt nicht gebrauchen konnte, waren es neugierige Blicke.

*

Karin Beerwald hatte wie immer in letzter Minute den Einkauf erledigt. Um diese späte Zeit waren kaum Kunden im Laden. Zu den wenigen Lebensmitteln kamen Tee und Kaffee. Sie musste noch das Diktat der Klasse korrigieren, um die Abschlusszeugnisse fertigstellen zu können. Sie sah auf die Uhr, es würde Stunden dauern, aber danach hoffte sie, so müde zu sein, dass sie für diese Nacht ohne Medikamente auskommen konnte. Und doch: Hellwach lag sie im Bett. Ob es falsch gewesen war, fragte sie sich, so spät noch an die Klassenarbeiten zu gehen? Jede der krakeligen Kinderschriften gehörte zu einem Gesicht und die Kinder standen jetzt wie mahnende Hologramme vor ihren Augen. Was für Fehler sie machten! Karins Magen zog sich zusammen, als sie an die Zukunft der Kleinen dachte. Sie musste aufstehen, es war jetzt unklug, im Bett zu bleiben. Von ihren Ängsten wusste keiner, nicht einmal Helm. Ihr Freund, ihr Kollege, ihr Gelegenheitsgeliebter? So genau konnte sie das nicht sagen. Er war schon lange nicht mehr bei ihr gewesen. Vor seiner Heirat erschien er, wann immer sie es ihm erlaubte. In einem verschlissenen Leinenbeutel schleppte er dann ein oder zwei Flaschen Wein an. Wenn sie genug getrunken hatten, versuchten sie, sich zu lieben. Manchmal kam es vor, dass am anderen Morgen keiner mehr wusste, ob es gelungen war. Ihre Beziehung, hatte Helm damals gesagt, erinnere ihn an einen Fluss. Beide folgten sie seinem Ufer. Er auf der einen, sie auf der anderen Seite. Kam eine Brücke, war sie nicht gut genug, also warteten sie die nächste ab. Und wieder die nächste. Bis sie endlich an die Mündung gelangten und feststellten, dass sie alle Möglichkeiten vertan hatten, zueinander zu finden.

Schon von Anfang an trafen sie sich nur an den Unterrichtstagen. Die Wochenenden und Ferien, darauf bestand Karin, verbrachten sie getrennt, nur selten mochte einer dem anderen davon erzählen. Und nachdem Helm sich mit der Hauswirtschaftslehrerin verlobt hatte, schickte Karin ihn wortlos fort, als er tags darauf ungefragt vor ihrer Tür stand und sich erklären wollte ... Dabei hatte sie die gemeinsamen Abende mit ihm gemocht. Reden und trinken. Mit keinem anderem hätte sie sich das vorstellen können. Jeder wusste, von was der andere sprach oder was ihn sprachlos machte. Karin betitelte sie beide als Oberschüler, die es nicht geschafft hatten, der Schule zu entkommen. Es war ihnen nicht gelungen, ins Leben versetzt zu werden. Im Gegensatz zu Helm lebte sie noch dazu in einem weiteren Vakuum. Ihre Schüler füllten es zwar immer wieder auf, aber sie verbrauchten dieselbe Menge Luft, die sie mit hereinbrachten. Helm hatte einfach mehr Glück. Er unterrichtete die Großen. Er konnte seinen Beruf zur Berufung heraufstufen, stolz auf sich sein. Ihr blieb keine Luft zum Atmen, sie erstickte nach und nach, ausgerechnet an den Kleinen. Von denen alle sagten, sie seien wie Wachs in ihren Händen. Als Lehrerin der Grundschulklassen sei sie für die meisten eh nicht mehr als eine Märchentante. Gerade für die Eltern. Bloß nicht zu viel fordern. Schonung bitte. Dabei kostete es schon all ihre Kraft, die Kinder allein zur Aufmerksamkeit anzuhalten. Wie die Hamster im Rad. Doch nie leuchtete an der Tafel ein höherer Level auf.

Mit aller Konzentration versuchte sie sich zu entspannen. Wenn sie nur zum Bogenschießen könnte. Gelassenheit. Achtsamkeit. Aufmerksamkeit. Genau das, was sie jetzt bräuchte. Sie nahm ihren Bogen zur Hand. Als wäre der Meister da, begrüßte sie ihn mit einer tiefen Verneigung. Verharren. Karin legte einen Pfeil ein, zog die Sehne zurück, weit über ihre Schulter, konzentrierte sich auf die Spannung, das Anvisieren des Ziels. Sieger war, wer das

Ziel verinnerlichte, nicht wer traf. Das erforderte Disziplin und Disziplin war schon immer ihre Waffe gegen aufkommende Wehmut gewesen. Endlich war sie müde geworden, legte sich ins Bett und schlief ein.

*

»Haben Sie Familie, Frau Beerwald?«

Donald hatte die Stirn zusammengezogen. Er wollte es gleich wissen und schob das Blatt zur Seite. Sie antwortete lange nicht.

»Du sollst dich auf deinen Text konzentrieren.«

Karin hatte sich bei der Auswahl nichts gedacht, es war eine der typischen Übungen für seine Altersstufe. Warum handelten die bloß immer noch vom Sonntagsausflug einer klassischen Familie? Mutter, Vater, zwei Kinder. Sie ärgerte sich über ihre Unachtsamkeit.

»Nein, ich habe keine Familie, nur noch meinen alten Vater. Aber der lebt in einem Heim und erkennt mich nicht mehr. Verstehst du das, Donald? Ich besuche ihn und er erkennt mich nicht mehr!«

»Das kann nicht sein! Meine Großmutter wird mich immer erkennen! Wie soll so etwas denn gehen? Und vergessen kann sie mich auch nicht, weil sie immer alles aufschreibt, was sie sieht und hört!«

Ach, Donald. Wie sollte sie ausgerechnet ihm, dem sie half, all das Wissen zu sammeln, damit er leichter durchs

Leben kommen konnte, nur erklären, dass dieses ganze Wissen am Ende eines Lebens wieder verschwand. Wort für Wort. Erinnerung für Erinnerung. Während sie nach einer Erklärung rang, schien Donald sich nicht weiter damit zu beschäftigen.

»Darf ich einmal mitkommen, wenn Sie Ihren Vater besuchen? Ich habe keinen Großvater und möchte doch so gerne einen haben.«

Karin schaute ihn an. In seinem Kindergesicht gab es nichts zu deuten. Es war wie immer offen und fröhlich.

»Gut, du darfst mich begleiten.«

Kaum war es gesagt, bereute sie es schon, aber Donald schrieb mit strahlender Laune vom Sonntagsausflug einer Familie, und die Korrektur zeigte alle Silben da, wo sie hingehörten.

Bis zum Schluss der Stunde hatte Karin entschieden, ihr Versprechen nicht lange hinauszuzögern und machte dem Jungen den Vorschlag, am übernächsten Tag zu ihrem Vater zu fahren. Es war sowieso höchste Zeit für einen Besuch, und die Zeugnisse konnten noch warten.

»Ich hole dich von zu Hause ab!«

Donald aber wollte nicht abgeholt werden. Obwohl das viel bequemer für ihn gewesen wäre. Es sei doch eine gute Gelegenheit, argumentierte Karin, endlich auch seinen Vater kennenzulernen. Aber Donald wehrte sich heftig. Sein Vater sei bei der Arbeit und außerdem wäre es viel besser, wenn keiner erfahren würde, dass sie seine Nachhilfelehrerin sei. Erstaunt fragte Karin:

»Was ist denn so schlimm daran?«

Die Frage verwirrte den Jungen, denn seine blassen, eingefallenen Wangen röteten sich augenblicklich. Seine ganze Konzentration richtete sich auf seine Schuhspitzen, und als er endlich leise antwortete, hatte sich Karin bereits wieder den Unterrichtsbüchern zugewandt. Sie war dabei, sie in das Regal zu stellen.

»Weil, wenn ich zu Ihnen kommen darf, dann wollen das auch andere«, sagte er leise.

»Und das will ich nicht.«

»Aber warum?«, fragte Karin lachend.

Sie hob seinen Kopf hoch und sah ihn an. Seine Augen glänzten, als würde er jeden Augenblick losweinen.

»Um alles! Donald! Das war nur eine Frage!« Sie habe nicht vor, noch weitere Schüler anzunehmen, er könne ganz beruhigt sein. Der Junge nickte nur. Er tat es auch noch, als sie ihn zur Tür schob und schnell verabschiedete. Es gefiel ihr nicht. Auch nicht, dass er noch lange vor ihrer Haustür auf und ab ging.

Der Nachmittag des versprochenen Besuchs präsentierte sich in einer flirrenden, stillen Hitze. Das angekündigte Hoch würde sich, so der Wetterdienst, auch weiter stabil zeigen. Während der Fahrt schwieg Donald nicht lange. Er war mit einer gelben Rose in der Hand viel zu früh bei ihr eingetroffen. Karin wollte gar nicht fragen, wo er sie her hatte.

Ihre Fahrt führte sie an endlosen Weißkrautfeldern vorbei, die schon jetzt, im Hochsommer, auf eine reiche Ernte deuteten. Sie wies Donald darauf hin, er nickte, und dann kam das, was sie befürchtet hatte.

»In Lettland gibt es Krautfelder, die hundert Mal so groß sind wie die hier.«

»In Lettland?« Karins Frage war rhetorisch. Sie wusste längst, in Lettland war immer alles größer, schöner, sonniger, wunderbarer. Sie hatte ihm nur anfangs widersprochen. Sein Lettland wurde hier, in der neuen Heimat, zu einem herzergreifend guten Wesen. Die Straßen dort waren aus hellem Bernstein, die Häuser ragten in einen immerblauen Himmel, das Meer erzählte gurgelnd ergreifende Geschichten. Die Menschen tanzten und sangen an jedem Tag wie an Johannis zum heidnischen Sonnengott: *Lihgoda, Lihgoda, Lihgoda* … Die Sprache war so leicht, dass selbst die kleinsten Kinder sie ohne Mühe lernen konnten und keiner brauchte dort eine Grammatik oder die Religion. Wer nicht Christ sein wollte, suchte einen Fluss und wusch sich einfach das Katholische oder Evangelische von der Haut und schon war er davon befreit. In Lettland gab es keine Jugendlichen, die an Bushaltestellen Kinder angriffen oder sie wegen ihres Namens verspotteten. Alles ging dort gerecht zu, dafür sorgte die Königin, eine wunderschöne, unsterbliche Frau, die in den Wäldern lebte und es nicht zuließ, dass Männer betrunken von der Arbeit nach Hause kamen oder Hunde humpelnd nach Wasser suchen mussten. Lettland, nach Lettland müsse Frau Beerwald gehen, dort könne sie so gut schlafen, dass kein Wecker der Welt es schaffen würde, sie aufzuwecken. In Lettland … Karin Beerwald musste seinen Redefluss schnell in andere Bahnen lenken, wenn das lettische Heimweh ihn überwältigte.

Um nicht in den Krautfeldern des Baltikums verloren zu gehen, schaltete Karin das Radio ein. Musik brachte Donald dazu, weit fort zu fliegen. Egal, ob Klassik oder Moderne, ob Pausenzeichen oder Marschmusik. Kaum erklangen erste Töne, versank er in diesem Universum. Warum er kein Musikinstrument erlerne, hatte Karin ihn einmal gefragt. Er hatte sie überrascht angesehen. Aber er könne doch singen!

»Alle Letten können singen!« Seine Großmutter hatte gesagt, das reiche vollkommen. Für eine Geige oder ein Klavier sei außerdem kein Geld im Haus. Donald hörte jetzt der Musik so angespannt zu, als stünde er auf einem Zehnmeterbrett und warte nur auf ein Zeichen, um abheben und ins Wasser tauchen zu können, ein paar Perlen zurücklassend, und dann zu verschwinden.

Das Ziel war fast erreicht. Auf den wenigen Bänken, die vor der quaderförmigen Architektur des Heims aufgestellt waren, saßen vereinzelt alte Menschen. Fast jeder hatte einen Rollator vor sich. Als stünde ein Wettrennen an, dachte Karin. Donald grüßte freundlich und wollte gleich wissen, ob sich ihr Vater unter ihnen befände. Sie konnte ihn nur mit Mühe davon abhalten, jedem einzelnen die Hand zu schütteln, nahm ihn an der Schulter und bugsierte ihn durch eines der Eingangstore. Da ihr Vater nicht auf seinem Zimmer war, gingen sie gleich zum Gemeinschaftsraum weiter. Donald war ganz still und wagte es kaum, auf den blank polierten Boden zu treten. Sie blieben vor einer blau lackierten Tür stehen, an der ein kopierter Kalender hing. Jemand hatte mit einem roten Merker die wenigen Tage angestrichen, an denen Besuch angekündigt worden war. Karin klopfte und trat ein, ohne auf eine Antwort von drinnen zu warten.

Gut zehn Männer saßen auf einer Eckbank, vor die ein runder Tisch geschoben worden war. Einer stand sofort auf und rief mit hoher, greller Stimme:

»Ich brauche den Nobelpreis nicht. Richten Sie der Jury aus, ich werde ihn nicht annehmen!«

Sein Nachbar zog ihn zurück und augenblicklich verstummte der Mann. Karin stellte den Korb auf den Tisch, sah ihren Vater am Fenster stehen, ging zu ihm, hielt seine Hand fest und führte ihn zum Tisch.

»Mein Vater.« Sie stellte ihm den Jungen vor, worauf Donald die gelbe Rose, die er hinter seinem Rücken versteckt hielt, hervorzog. Der Alte ignorierte das Geschenk, lachte den Jungen aber an und strich ihm über die Wange. Die Rose landete auf dem Tisch und schließlich auf dem Boden. Karin hob sie auf und beeilte sich, ihre kleinen, in Servietten eingewickelten Mitbringsel zu verteilen.

»Danke, vielen Dank, vergelt's Gott, tausend Dank, junge Frau.«

Manche waren aufgestanden und hatten ihr die Hand gedrückt. Und gleich darauf verschwanden die ersten in den hinteren Teil des Raumes, um dort eine der mitgebrachten Zigaretten zu rauchen. Karin hatte mit den kleinen Geschenken begonnen, nachdem sie von den Pflegern erfahren hatte, dass die anderen Heimbewohner des Stockwerks so gut wie nie Besuch bekamen. Manchmal wünschte sie, ihnen Papierdrachen in die Hand zu geben. »Festhalten und losfliegen«, würde sie dann rufen. Einmal noch den Sturm unter sich fühlen und, wer wüsste das schon, vielleicht wüchsen ihnen Flügel, wie Kinder sie hatten.

Der ehemalige Chemieprofessor, der den Nobelpreis gerade noch so vehement abgelehnt hatte, fing plötzlich ohne erkennbaren Grund zu weinen an, andere begannen bereits zu tauschen. Apfel gegen Kuchen, Kuchen gegen Zigaretten oder Schokolade. Bald war der Raum so verqualmt, dass Karin die Augen tränten. Allein Donald schien das alles zu genießen. Er saß bei Karins Vater und redete heftig gestikulierend unentwegt auf ihn ein. Das Lächeln, das Karin so an ihrem Vater mochte und das sie schon so lange nicht mehr gesehen hatte, war wieder da. Sie gesellte sich nicht zu den beiden, sie war von den anderen Alten umringt, und wer da alles auf sie einsprach und was ihr dabei alles erzählt wurde, nahm sie kaum wahr.

Donald bewegte sich keinen Schritt von ihrem Vater fort. Überhaupt hatten sich die beiden offensichtlich jede Menge zu erzählen.

Als sie ihn auf der Rückfahrt fragte, worum es bei der angeregten Unterhaltung gegangen war, druckste Donald herum, so genau wisse er das auch nicht mehr, über einen Computer und so, weil er auf den doch spare und auch noch, dass er sich um den Roten Ahorn kümmern solle, weil der so leicht vertrockne. Er stehe auf dem Fenster, eine kleine Kristallkugel hinge darin und er sei leicht zu erkennen.

Was erzählt er da?, dachte Karin. Nie im Leben hatte sich ihr Vater um irgendein Gewächs gekümmert. Hat ihre Mutter einst einen Roten Ahorn gemalt? Vater liebte ihre Bilder, sie aber konnte sich nicht an ein Einziges erinnern. Donald erfuhr nichts von diesen Gedanken, schien in bester Laune zu sein. Er war viel zu sehr mit sich selbst beschäftigt, als dass er ihr Schweigen bemerkt hätte. Später, als sie schon fast vor ihrer Haustür standen, formte er seine Hände zu einer Schale und meinte, endlich habe er auch einen Großvater.

»So ein Unsinn!«

Karin bereute ihre Worte, kaum dass sie ausgesprochen waren. Relativierte, indem sie den Versuch unternahm, ihm die Absurdität seiner Idee klarzumachen. Donald aber sah durch sie hindurch. Er sprang aus dem Auto und lief fort.

*

Im Briefkasten lag Post von seiner Großmutter. Donald zögerte, das Kuvert zu öffnen und steckte es ein. Er wollte den Brief später lesen und hatte ein schlechtes Gewissen, weil er schon auf ihren letzten so spärlich geantwortet hatte. Oder war es wegen des neuen Großvaters? Donald wollte ihn. Nicht wie einen Computer oder ein Fahrrad, es war ein anderes Wollen. Eine große Sache ist das, sagte er zu sich, endlich eine Familie zu haben. Und eine Familie beginnt schließlich mit einem Großvater. Da kann Frau Beerwald noch so sehr von Unsinn reden. Er wusste, was er wollte, und der alte Mann hatte schließlich mit ihm geredet, nicht mit ihr. Sie kannte er irgendwie gar nicht. Es war auch egal, dass er ihn erst heute kennengelernt hatte. Seinen lettischen Großvater brauchte er ja deswegen nicht zu vergessen. Aber diesen hier wird er immer besuchen können, er wird nicht weggehen, da war er sicher. Ich warte auf dich, hatte ihm sein neuer Großvater zugeflüstert, als sie sich verabschiedeten.

Wenn sie doch nur nicht *Unsinn* gesagt hätte, dachte er mitten in diese plötzlich aufgestiegene Freude hinein. Wie ein Peitschenhieb hatte es ihn getroffen. *Unsinn*, das war schlimmer als *Unmöglich*, und bei diesem Gedanken kroch es ihm kalt über den Rücken. Es machte seinen Wunsch so lächerlich. Er trat auf dem Treppenabsatz nach dem gelben Rosenstrauch, aber auch das half nicht, den plötzlichen Stimmungswechsel abzumildern. Missmutig schloss er die Wohnungstür auf. Sein Vater war noch nicht zurück oder saß vielleicht unten im »Goldenen Schwanen«, von wo jetzt, am frühen Abend, schon deutlich Lärm heraufdrang.

Er öffnete den Kühlschrank. Bis auf ein Glas Rote Beete war er leer. Typisch für seinen Vater. Er kümmerte sich immer weniger um ihn, obwohl es doch einfach war, im Kühlhaus an das eine oder andere Stück Fleisch zu kommen. Kaputte Palette, hieß das Zauberwort, mit dem er noch vor einigen Wochen geprahlt hatte. Blöder Kerl, dachte Donald und verließ hungrig und wütend die Wohnung. Die Tür schlug er laut zu.

Er ging zur Bushaltestelle, aber weit und breit war niemand zu sehen. Das fand er seltsam, wo doch die zerkratzte Holzbank um diese Uhrzeit von den Jugendlichen immer fest vereinnahmt war. An diesem Tag hätte er den Mut gehabt, vor sie hinzutreten und zu fragen: »Hey, was ist Sache?« Er hatte diesen Satz so lange vor dem Spiegel geübt. Und cool war er geblieben, obwohl er sich vorgestellt hatte, wie ihn alle anstarrten. Boris und sein ganzer Clan. Türken waren darunter und auch ein Albaner, das wusste er inzwischen. Das einzige Mädchen war eine Deutsche aus der 9. Klasse. Sie sprachen untereinander in ihrer eigenen, harten Sprache, die Donald nicht immer völlig verstand, und das Mädchen war immer am lautesten. Donald beobachtete sie nicht nur an der Bushaltestelle mit Argwohn. Auch auf dem Schulhof, wenn sie mit ihrer Mädchenclique zusammenstand, jede über ihr Handy gebeugt, und mit den langen, lackierten Nägeln mit unglaublicher Geschwindigkeit über die Miniaturtasten rasend. Die schreiben sich gegenseitig, dachte er und lachte im Stillen darüber. Sie hieß Stella-Marie, wurde aber nur Stea gerufen. Boris war ihr Freund. Stea hielt sich außerhalb des Schulgeländes meist nur bei den Jungs auf. Seine Großmutter hätte sie in eine Badewanne gesteckt. Das machte sie mit allem, was ihren Vorstellungen von Anmut und Würde widersprach. Mit abstrakter Kunst, moderner Musik, schmutzigen Hühnern, eingebrannten Kochtöpfen. Die Badewanne ließ sich mit allem füllen, was nicht zu einem ordentlichen Tag gehörte. Kränkelte Donald oder, was ganz selten war, sie selbst, ging es rein in die Wanne, und mit der Wurzelbürste rubbelte sie alles herunter, was da nicht hingehörte. Stella-Marie wäre nach einer großmütterlichen Behandlung ganz hübsch gewesen. In ihrem jetzigen Aussehen verhöhnte sie alles, selbst ihren Namen. Die eine Hälfte des verfilzten Haars war rot, die andere schwarz gefärbt, die Augenbrauen waren in denselben Farben geschminkt. Die Oberlippe ebenso knallrot wie die untere rabenschwarz war. Selbst bei der Kleidung blieb sie bei der Farbauswahl. Schwarze Jeans und rotes Top oder, wenn es kühler war, eine schwarze Lederjacke, auf die rote Flicken genäht waren. Schwarz und Rot. Ein schwarz-roter Domino. Stella-Marie, das fand Donald, gab sich rundherum hässlich, und ihre laute und ordinäre Sprache unterstrich dies noch. Sie flößte ihm mehr Angst ein als ihr Freund, der wie seine Vasallen mit zerrissenen, weiten Lowrider-Jeans oder Schlabberhosen, die weit unter dem Hintern hingen, herumlief. Das gefiel Donald enorm. So wollte er auch gekleidet sein. Einmal hatte er ungefragt eine verwaschene Arbeitshose seines Vaters gekürzt und sie in Höhe der Hüfte mit einem Gürtel zusammengezogen. Aber beim Versuch, ein paar Schritte zu gehen, war ihm die Kreation in die Knie gerutscht. Er warf das misslungene Modell in eine Ecke und zog wieder seine alte Jeans hervor. Die seien so was von out, hatte Stella-Marie einmal nach einer gründlichen Musterung gemeint, da fehle nur noch die Bügelfalte! Außerdem vermisse sie *in* der Hose etwas, auf das sie stehe. Als würde es nicht genügen, seinen Namen zu verspotten.

Donald war plötzlich doch erleichtert, auf keinen der

Gang zu treffen. Er zog den Brief heraus und begann zu lesen. Bald aber steckte er ihn wieder ins Kuvert zurück, es waren zu viele Seiten. Sicher hatte Großmutter wieder von Mut und Glück geschrieben und dass er immer erhobenen Hauptes durchs Leben gehen solle. Sie hatte gut reden, sie kannte sich weder mit Schulhöfen noch mit Bushaltestellen aus.

*

Der Mann wagte nicht mehr, die Hütte am Tag zu benutzen. Zwar hatte er weder den Jungen noch die Frau ein weiteres Mal auf dem Gelände gesehen – und er beobachtete das Terrain vom Hang aus jetzt noch genauer, bevor er das Grundstück betrat –, aber sie konnten doch jederzeit wieder dort vorbeikommen. Er musste sich schnellstens eine Lösung einfallen lassen. Weg von hier, wo er zu vielen zu viel schuldete. Aber ein letztes Mal musste er noch in sein Haus zurück. Wenn es dabei Probleme geben sollte ... Den Gedanken mochte er gar nicht zu Ende denken. Bislang war ja auch alles gut gegangen. Er war klug genug und hatte vorgesorgt. Die falschen Papiere lagen schon Monate vor dem Konkurs bereit. Verdammt noch mal, weshalb hatte er sie bloß bei seinem überstürzten Aufbruch nicht mehr mitnehmen können. Aber er hatte schon früher manches übersehen. Wirtschaftspolitik zum Beispiel, so wusste er heute, wird am Stammtisch gemacht. So einfach ist das. Die Heerscharen von Wissenschaftlern sollten sich damit beschäftigen und keine sinnlosen wirtschaftstheoretischen oder sonstige Modelle aufstellen.

Und er hatte auch nicht bedacht, dass die Politik des leeren Stuhles unweigerlich zum Untergang führt. Statt sich mit anderen Handwerkskollegen abzustimmen, stellte er sich quer und unterbot deren Angebote ohne Überlegung und Skrupel. Schnell quollen seine Auftragsbücher über, aber er zahlte drauf statt zu kassieren. Reklamationen, Konventionalstrafen, Reklamationen. Dabei schuftete er wie ein Wilder, kannte weder Wochenende noch Feierabend. Seine Ehe ging darüber in die Brüche, seine Tochter verachtete ihn. Eine Zeit lang hoffte er, ohne die Belastung der Familie mehr Zeit für die überhandnehmende Arbeit zu haben, aber bald war nichts mehr zu retten. Die Bank machte bei dem Spiel mit und erweiterte ein ums andere Mal die Kreditlinie. Aber letztlich hatte er ihr sein Haus überschreiben müssen.

Als dennoch erste Abbuchungen nicht mehr eingelöst wurden, reagierte er panisch. Überstürzt, wie er heute glaubte. Vielleicht wäre doch eine andere Lösung möglich gewesen. Aber an dem Tag, als er nicht einmal mehr seine Schecks ausgezahlt bekam, schlug eine Welle aus Verzweiflung über ihm zusammen. Hätte er nur geahnt, dass bereits am nächsten Morgen ein ganzer Stab von Steuerfahndern vor seinem Haus stehen würde. Er wäre längst über alle Berge gewesen, bevor sie die Buchhaltung sicherstellen und ihn der Insolvenzverschleppung bezichtigen konnten. Die panische Angst, sie würden ihn an Ort und Stelle verhaften, hatte ihn schneller als geplant abtauchen lassen. Dass er das Versteck nicht mehr aufbrechen konnte und ohne den falschen Pass nicht an sein zur Seite geschafftes Vermögen kam – wenigstens diesen Teil der eigenen Wirtschaftstheorie hatte er beachtet –, wusste er, aber im Haus wimmelte es schon von Fahndern. Es war aussichtslos. Hals über Kopf war er geflohen, nach Italien.

Sein Haus war sofort verkauft worden, was er zunächst nicht glauben konnte. Er wollte doch nur den Pass holen und dann weiter nach Kairo. Jetzt hatte er zuviel Zeit, über alles nachzudenken. Ihn würde niemand vermissen, nicht einmal seine Tochter. Nach seiner Scheidung hatte er sie eine Zeit lang nicht sehen dürfen. Als sie später nach Australien zog und vorbeikam, um sich zu verabschieden, wollte sie nicht einmal den Erbschmuck mitnehmen, den er für sie verwahrt hielt. »Altweiberzeug«, sagte sie nur. »Lass den Schrott einschmelzen und schick mir das Geld ...« Geld, das war schon immer alles gewesen, was sie und ihre Mutter interessierte. Vielleicht war sie inzwischen mit einem reichen Bruce verheiratet und hatte drei oder vier Kinder in die Welt gesetzt, Bruce zwei, drei oder vier. Manchmal verachtete er sich selbst.

Obgleich der Nachmittag weit fortgeschritten war, flimmerte die Luft noch immer vor großer Hitze. Er stieg vom Hang herab und ging zur Hütte. Den Tag über hatte er sich wie immer in der Stadt herumgetrieben. Die Öffentlichkeit war ohne Zweifel der sicherste Ort für jemanden, der gesucht wurde. Vor allem, wenn er äußerlich verändert war. Er hatte abgenommen und die Haare, die früher vom ersten Friseur am Ort gehegt und gepflegt worden waren, hatte er einer Radikalrasur geopfert. Dafür hatte er sich einen Vollbart stehen lassen, der alle verräterischen Konturen verbarg. Er erkannte sich ja selbst kaum wieder und fühlte sich einigermaßen sicher. Nur in die Nähe seines Hauses traute er sich nicht. In der gemischten Bebauung des Industriegebiets fiel einer wie er sofort auf. Schon als er die Straße entlangging und nach seinem Haus sah, war er argwöhnisch gefragt worden, ob er denn eine bestimmte Adresse suche und ob man helfen könne. Zwar hatte der frühere Nachbar ihn nicht erkannt, aber viel genauer hätte er wohl auch nicht mehr hinsehen dürfen.

*

Karin Beerwald war über Donalds fluchtartigen Abgang bestürzt. Es war ihr, als sei innerlich etwas zerrissen. Sie wurde aus dem Jungen einfach nicht schlau. Er kam gern zum Unterricht, blieb ohne Murren, wenn sie länger arbeiteten, bei der geringsten Kritik jedoch verschwand er wortlos. Das sollte er sich abgewöhnen. Wie so manches andere. Sie war ja bereit, ihm Nachhilfe zu geben, aber seine Manie, in ihr ein Familienmitglied zu sehen, irritierte sie. Soviel Nähe war nicht gut. Sie musste ihm ein für allemal klarmachen, dass sie seine Lehrerin war und nicht mehr. So gesehen war es wichtig, dass sie ihn nicht nochmals zu ihrem Vater mitnahm. Donald würde sich damit abfinden müssen.

Als kleines Trostpflaster wollte sie den mittlerweile fest versprochenen gemeinsamen Besuch des Keltenmuseums wahr machen. In den vergangenen Wochen war ihr großes Steckenpferd immer wieder Gegenstand von Diktaten, Aufsätzen und Gesprächen gewesen. »Warum die Kelten ausgewandert sind«, oder »Der tapfere Keltenfürst« hießen die Überschriften, die Karin zur Bearbeitung vorschlug, Donald zu ihrer Enttäuschung aber wenig begeisterten. Sie kramte sogar in ihren Umzugskisten nach alten Asterixheften, um ihm die Aufgaben schmackhafter zu machen. Da sie ihn selbst damit nicht begeistern konnte, versuchte sie es anders:

Er ist Donald, der Kelte. Sein Stammvater ist Ambitalus, er hat viele Brüder und Schwestern. Zu viele. Die Götter haben entschieden, dass er den Stamm verlassen muss. Er darf auf seinem Weg – auch den haben die Götter vorbestimmt – Krieger und Frauen mitnehmen und sich in den Herkynischen Wäldern niederlassen. Dort wird er fruchtbares Land finden, das ihn und die, die mit ihm ziehen, ernähren wird. Und es werden viele Krieger dabei sein, so dass die Inbesitznahme des neuen Gebietes problemlos gelingen werde. An Waffen sei kein Mangel, dafür haben die Götter gesorgt und der Schmied lange geschuftet. Schwert, Speer, Schild. Sie bilden das Dreigestirn des Kriegers. Den Besten, und zu ihnen gehört er, steht darüber hinaus ein Helm zu, der mit einem furchterregenden Adler geschmückt ist, der sogar seine Flügel bewegen kann. Von weitem schon soll jeder sehen, hier kommt Donald, der unerschrockene Kelte. Seine Kleider leuchten weithin, er liebt die bunt gewebten Stoffe in karierten oder gestreiften Mustern. Selbst Schmuck wird dem neuen Stamm mit auf den Weg gegeben. Damit es an Brot nicht mangeln wird, schüttet Ambitalus Dinkel- und Roggenkörner in die Kessel und vertraut sie ihm an. Auch die Frauen werden ausnahmslos unter seinen Schutz gestellt. Neben den Kriegern wählt Ambitalus für ihn Handwerker aus, die einen Webrahmen fertigen können oder in der Kunst des Hausbaus perfekt sind und Dächer mit Stroh oder Reet decken können. Und er benötigt Wächter, die die Vögel verscheuchen, weil Spatzen oder Amseln die mühsam zurechtgeschnittenen Halme aus den Dächern ziehen und sie als Nistmaterial verwenden.

Schon wird Cernunnos, der Gott des Lebens, angerufen, der die Druiden bestimmt, die die Kunst des Heilens ausüben werden. Teutates schließlich gibt das Zeichen zum Aufbruch. Er ist der Gott der Reisenden. Donald und den Seinen steht ein langer Weg in eine ungewisse Zukunft bevor, aber er stellt sich der Aufgabe und gehorcht Ambitalus.

»Was bleibt dir auch anderes übrig. Denn *Ungehorsam*«, Karin betonte das Wort überdeutlich, »gibt es im Wortschatz des Kelten nicht.«

So ungefähr – Donald solle sich das vorstellen – sei es gewesen, wenn einer mit seinen Verwandten, mit seinen Kriegern und all den Helfern aufbrechen musste. Es mögen Zehntausende gewesen sein. Durch die tapferen Taten der Vorfahren vorbereitet und vom Glauben an die Götter bestärkt, waren sie für jeden Kampf gerüstet. Anderen Völkern jagten sie Angst und Schrecken ein, was ihnen gerade recht war. So seien die Jahre vergangen und Römer und Griechen wussten ständig von neuen Untaten zu berichten. Aristoteles, der große Aristoteles, gab sich als Kenner der Kelten aus und schrieb von einem unbeherrschten Volk, das zur staatlichen Ordnung vollkommen unfähig sei. Und Platon hielt sie gar für Säufer. Faul, diebisch, unorganisiert, schmutzig und ohne jede Kultur. Zuhause hätte der stolze Stammvater Ambitalus, der in der Zwischenzeit in Würde gealtert war, vermutlich beide Fäuste geschüttelt und sicher wie wild mit seinem Schwert gefuchtelt, wenn ihm Reisende davon berichteten. »Wäre ich jünger, zöge ich gegen die Schreiber zu Felde und tötete sie!«, habe er bestimmt geschrieen. Da er aber schon alt gewesen sei, würde ihm wohl nichts anderes übrig geblieben sein, als an deren Stelle die Schriften zu töten. Vielleicht, erklärte Karin dem Jungen, hätten sich die Kelten unsterblich gemacht, weil sie nichts Schriftliches hinterlassen hatten. Vielleicht aber waren sie auch gerade aus diesem Grund für lange Zeit so sang- und klanglos aus der Kulturgeschichte verschwunden. Der Donald von heute solle sich selbst einen Reim darauf machen. Wenn er Lust habe, würden sie in den Ferien einen Platz aufsuchen, an dem Kelten gelebt hatten, und dort werde er noch mehr erfahren.

Donald hatte den Ausführungen aufmerksam gelauscht. Nur als sie davon sprach, dass es keine schriftlichen Zeugnisse der Kelten gab, schaute er ungläubig auf. Als habe er kein Wort davon verstanden. Er holte tief Luft, schien etwas sagen zu wollen, unterließ es dann aber und folgte weiter ihrer Erzählung. Karin war sich nicht sicher, ob sie sein Interesse geweckt hatte. Aber ihre Zweifel wurden schnell zerstreut. Donald strahlte über das ganze Gesicht. Er, ein Kelte. Cool. Er freue sich jetzt schon sehr auf den Ausflug.

»Aber wir fahren doch zu zweit?«

Karin nickte. »Natürlich«.

»Ich meine, ohne die anderen Schüler?«

Erst als sie ihm auch das bestätigte, gab er sich zufrieden.

Es waren drei Wochen vergangen, seit dieses Gespräch stattgefunden hatte. Da Donald heute so abrupt aus dem Auto gestürmt war, hatte sie keinen Termin für den Museumsbesuch ausmachen können. Er wird schon wieder auftauchen, dachte Karin. Als sie später zum Einkaufen fuhr, fand sie, unter ihren Scheibenwischer geklemmt, eine gelbe Rose. Sie nahm sich vor, ihm auch das zu verbieten.

*

Donald saß noch immer allein im Wartehäuschen der Bushaltestelle. Sein Hunger war inzwischen so groß, dass er schmerzte. Zu Mehmets Döner-Imbiss konnte er nicht, dort hatte er schon zu oft anschreiben lassen. Er dachte an die Konserven im Gartenhaus. Bei seinem letzten Besuch war ihm manches merkwürdig vorgekommen. Zwar hatte er niemanden gesehen, aber die ungeöffneten Dosen hatten nicht mehr auf dem Tisch, sondern in dem kleinen Regal gestanden. Überhaupt hatte der Raum einen irgendwie aufgeräumten Eindruck gemacht. Jemand musste dort geputzt und Staub gewischt haben. Wahrscheinlich war der Besitzer da gewesen. Natürlich. Aber wenn sich einer um sein Hab und Gut zu kümmern begann, das war Donalds Erfahrung, wollte er es bald loswerden. Dieser Gedanke beunruhigte ihn. Umso schneller ging er den Weg über die Felder. Hunger ist Hunger und Sorge ist Sorge. Ob die Kelten wirklich Hunde gegessen hatten? Auf seine Frage hatte Karin Beerwald mit »Ja« geantwortet und von einem großen Tierknochenfund erzählt, bei dem eindeutig auch Knochen von Hunden dabei gewesen seien. Der Beweis aber war, dass sie unzweifelhaft Messerspuren zeigten. Donald schüttelte sich. Die alte Hündin humpelte schon eine Weile neben ihm her. Wie es wohl sein mochte, ein Tier zu töten? Überhaupt zu töten? Wenn Großmutter einem Huhn den Kopf abgeschlagen hatte und später das Gefieder rupfte, sang sie dabei. Es musste ein Leichtes sein, zu töten. Als würde die Hündin seine Gedanken erraten, drehte sie ab und trottete zurück. Vielleicht war es auch, weil er nicht stehen geblieben war, sie wie üblich angesehen und mit ihr gesprochen hatte. Es musste am Hunger liegen. Einen Moment lang dachte er daran, ebenfalls umzukehren und Frau Beerwald um etwas Geld oder um ein Brot zu bitten. Er verwarf diesen Einfall aber sofort wieder. Wünsche solcher Art und Frau Beerwald durften nichts miteinander zu tun haben. Ob es in der Hütte auch etwas zu trinken gab?

Sie lag verlassen da. Dennoch ging er nicht gleich hinein, sondern versteckte sich zunächst auf der Anhöhe. Von dort wollte er das Grundstück eine Weile beobachten, um lautlos zu verschwinden, falls der Besitzer anwesend sein sollte. Der Platz war bestens zur Überwachung geeignet, denn im Schutz einer kleinen Baumgruppe konnte er von keiner Seite aus gesehen werden. Er musste nur in den Kreis der Buchenbäume treten und einer von ihnen werden. Den Rest besorgten die Zweige. Aber seine Vorsicht war unnötig. Nur Mut, hätte seine Großmutter gesagt, allerdings nicht zu dem Diebstahl, den er jetzt vorhatte. »Deine Hände sollen brennen, wenn du stiehlst...«, das wären ihre Worte dazu gewesen.

Die Konserven standen dort, wo er sie zuletzt gesehen hatte. Zum ersten Mal betrachtete er sie aufmerksamer. Ravioli, Hühnerfleisch-Eintopf und wieder Ravioli, mindestens ein Dutzend Dosen. Donald griff einfach zu, steckte eine unter sein T-Shirt und zog sich euphorisch zur Baumgruppe zurück. Mit seinem Taschenmesser versuchte er ein Loch in das Blech zu drücken, was ihm erst nach mehreren Fehlversuchen gelang. Ravioli. Er konnte nur mühsam eine kleine Öffnung in die Oberseite schneiden, aber sie reichte, um nach den kleinen Teigtaschen zu angeln. Er bemerkte zunächst gar nicht, dass er sich in die Hand geschnitten hatte, das Blut vermischte sich mit der Tomatensoße, doch dann rollten ihm die Tränen herunter. Sein Vater. Er war schuld daran. Wie sollte er etwas zu essen kaufen, wenn der nie Geld in die Tischschublade legte, sondern alles im Wirtshaus versoff? Donald wollte erneut losheulen, aber eine aus dem Augenwinkel heraus wahrgenommene Bewegung ließ ihn sofort verstummen. Er sah, wie ein älterer, ungepflegter Mann mit kahlgeschorenem Kopf und wirrem Bart, der ein viel zu weites Hemd trug, schnurstracks den Weg heraufkam. Donalds Herz raste, als der Fremde geradewegs auf ihn zuschritt. Er saß in der Falle. Aber dann blieb der Fremde mitten auf dem Hang stehen, drehte Donald den Rücken zu und sah aufmerksam zur Hütte hinunter. Das Blut tropfte an der Dose entlang, doch Donald traute sich nicht, die Wunde zu versorgen. Regungslos stand auch der Fremde da und starrte scheinbar ins Leere. Donalds Hunger war längst einem Gefühl gewichen, das ihm den Hals zuschnürte. Mit einem Mal stieg der Mann die Anhöhe herunter, betrat das Gartengrundstück, schaute sich nochmals um und verschwand durch die Tür der Hütte. Donald sank auf die Knie, lag nun fast in seinem Versteck. Die Konserve glitt ihm aus der Hand und wurde sofort von einem Ameisenheer in Besitz genommen. Er starrte fassungslos auf das Schauspiel. Vor Einbruch der Dunkelheit würde er sich nach diesem Schock nicht aus seinem Versteck trauen. Er schämte sich, dass er gestohlen hatte. Was hätte seine Omīte nur zu all dem gesagt?

Die Last, sich an die Zeugnisse zu setzen, wurde immer größer. Wie sie es ablehnte, die vierte Klassenstufe zu unterrichten. Ihre Bewertungen wurden zu Empfehlungen, die entscheidend in das Leben der Kleinen eingriffen. Wie ein Platzanweiser im Zirkus schickte sie die Kinder auf verschiedene Sitze. Manche nach vorn in die Loge, manche ganz nach hinten.

Die Hefte lagen unangetastet vor ihr, die Listen und Formblätter alphabetisch geordnet daneben. Doch statt sich der Aufgabe zu stellen, holte sie die Aquarellzeichnungen der Klasse hervor. Da sie das Fach Kunst nur in Vertretung unterrichtete und keinerlei Erfahrung auf diesem Gebiet mitbrachte, ließ sie die Kinder immer nur malen. Ihr jüngstes Thema verdankte sie einem der zahllosen Programmhinweise auf Kochsendungen: eingemachtes Obst im Glasbehälter. Die Kinder hatten es begeistert aufgenommen. Sie legte die Blätter auf den Boden und baute eine bunte Collage vor sich auf. Mehr als jeder Test eröffneten ihr diese Darstellungen das Wesen der Schüler. Einem Jungen reichten die Wasserfarben nicht aus. Über den gemalten Verschluss des Glases hatte er eine Bastschnur mit einem Zettelchen geklebt, auf dem ein Einweck-Datum vermerkt war. So viel Kreativität wollte sie belohnen. Die Mädchen, das hatte sie schon lange beobachtet, besaßen mehr Gefühl für Farben und Details, die Jungen malten mit kräftigeren Strichen. Fast alle hatten besonders großes Obst gewählt. Einer hatte sich für eine Pampelmuse entschieden – zumindest glaubte Karin in dem großen gelben Kloß diese Frucht zu erkennen. Genial. Sie verlor sich nur zu leicht im Betrachten der Bilder.

Nochmals machte sie Tee.

»Die Zensuren, jetzt.« Wie eine Beschwörungsformel murmelte sie es wieder und wieder.

»Die Zensuren, jetzt!«

Nicht nur die Kinder bereiteten ihr Sorgen. Die Eltern, die sich so vehement bemerkbar machten, wenn es nicht zur gewünschten Empfehlung für die weiterführenden Schulen kam, waren viel unangenehmer: Drohungen, Bitten, Bestechungsversuche. Nichts, was sie nicht erlebt hätte. Es kam vor, dass sie beim Einkaufen von aufgebrachten Eltern angesprochen wurde, im Schwimmbad oder wo immer sonst noch. Dabei verstand sie das alles nur zu gut. Aber sie war nicht für das dreigliedrige Schulsystem verantwortlich. Grundschule, Hauptschule, Gymnasium. Eins, Zwei, Drei. Wer bei der Zwei hängen blieb, schien für alle Zeiten keine Zukunft mehr zu haben.

»Falsch!«, hatte Werner Vogelbauer während einer ihrer endlosen Sitzungen ausgerufen. Es bestünde immer die Möglichkeit, den, wie er sie nannte: Verschlafenen den Wecker zu stellen. Sie mochte diese Zusammenkünfte nicht, auf denen Lehrer der verschiedenen Schulen der Stadt Koordinationsgespräche führten. Aber aus dieser einen hatte sie den Trost mitgenommen, der ihr jetzt half, die Zensuren zu Papier zu bringen.

Obwohl es noch immer hell gewesen war, hatte er sich aus seinem Versteck nach Hause geschlichen. Da sein Vater wie so oft verspätet von der Arbeit zurückkam, hatte Donald den Brief seiner Omīte nun schon zum dritten Mal gelesen.

»Großmutter hat geschrieben«, sagte er, als endlich die Eingangstür aufging und Juris in die Wohnung trat.

»Gezeter und Schimpftiraden. Oder schreibt sie sonst noch etwas? Von den Bremer Werken womöglich. Unsere Baronin von Münchhausen!«

Donald sah irritiert auf seinen Vater. Er mochte es nicht, wenn so über Großmutter gesprochen wurde. »Du kannst den Brief lesen ...« Doch sein Vater winkte ab. Er ging zum Herd und packte Lebensmittel aus.

»Kann mir schon denken, wie die Predigt lautet. Wasch dir lieber die Hände und deck den Tisch.« Donald sprang auf, legte den Brief zur Seite. So etwas hatte es lange nicht mehr gegeben. Sein Vater kochte. Mit einem Mal spürte er, wie hungrig er war. Egal, was da in der Pfanne schmorte, er fühlte sich einfach nur glücklich.

Er musste auch nicht erklären, wie er zu der Schnittwunde gekommen war, als sein Vater die gewaschenen Finger kontrollieren wollte.

»Zeig mal her«, hatte er nur gesagt und dann schnell das Verbandszeug geholt. Während sein Vater den Schnitt versorgte, schaute ihm Donald auf die Hände. Das waren keine Espenhände. Kein Zittern durchlief sie, als sein Vater die Wunde austupfte und vorsichtig Puder darüber streute. Sie waren ganz ruhig und so schön anzusehen. Als feilten sie mit konzentrierter Sorgfalt und voller Achtung an dem Rohling, der zum schönsten Ring der Welt werden sollte. Auch roch Juris nicht nach Alkohol. Donald deckte den Tisch, holte sogar die Sets hervor, die er im vergangenen Schuljahr im Werkunterricht gebastelt hatte. Rote Perlen, die zu einer großen Schnecke aufgereiht anschließend mit feinen Stichen vernäht waren. Es gab ein richtiges Menü, und zum Nachtisch stellte sein Vater einen großen Becher Eis auf den Tisch.

»Erzähl mir von dem großen Bernsteinfund«, bettelte Donald. Das Gesicht des Vaters veränderte sich. Es wurde dunkler und schmaler, als es sonst war, und Donald befürchtete schon, er würde ins Bett geschickt werden. Aber so kam es nicht. Juris setzte sich auf das abgenutzte Sofa, schob sich ein Kissen unter den Nacken und klopfte mit der flachen Hand auf die Sitzfläche. Das vertraute, so lange vermisste Zeichen. Er durfte sich in den Arm des Vaters kuscheln. Etwas verlegen setzte sich Donald neben ihn.

»Ja, der große Bernsteinfund ...« Und dann erzählte Juris die Geschichte, die Donald doch so gut kannte und die nur ihnen beiden gehörte. Nicht den alten Männern in Okrekums, nicht denen, die unten in der Wirtschaft an der Theke saßen, und auch nicht der Großmutter. Sie begann immer mit der Frage, ob er sich noch an das Gesicht seiner Mutter erinnern konnte. Niemals würde sein Vater vergessen, ihn das zu fragen. Donald nickte und wischte sich mit dem Ärmel die Tränen aus den Augen. Seine Mimmīt. Er erinnerte sich an ihre Grübchen, die immer da waren, wenn sie lachte. Das tat sie oft und gerne. An ihre Katzenaugen, die durch lange schwarze Wimpern geschützt waren, und an die kleinen waagerechten Falten, die bis in den Haaransatz reichten, wenn sie ärgerlich war, und die sie im nächsten Moment wie durch Zauberei verschwinden lassen konnte. Wie hätte Donald das vergessen sollen.

Er sagte es seinem Vater und der nickte. Als seine Mutter starb, hatten sie sich so aneinander geklammert wie jetzt. Juris durfte nichts verändern, nicht einmal den Arm bewegen, in den Donald sich geschmiegt hatte, obwohl er heute viel mehr wog als der Vierjährige damals und seine Beine mittlerweile fast so lang waren wie die des Vaters.

»Es war ein Morgen, wie ich ihn lange nicht erlebt hatte. Ich war, wie so oft in der Bernstein-Saison, noch vor dem Sonnenaufgang aufgestanden. Einige Möwen standen am Strand, und von den Dünen sah es aus, als hätte die Küste schneeweiße Zähne. Sonne und Mond teilten sich in diesem Moment den Himmel. Der Mond aber war nur noch ein weißer Schatten. Im Sand wuselten Käfer herum und manche hatten dicke Tautropfen auf dem Rücken. Noch war es friedlich, die Jagd nach ihnen hatte noch nicht begonnen. Ich war allein. Die anderen aber, das wusste ich, würden auch bald in diese Bucht kommen. Nach stürmischer Nacht und aufgepeitschter See war die Aussicht auf reiche Beute hier größer als an den flachen Küstenstrichen. Und waren die Bernsteine erst einmal in die Bucht geschwemmt, war es für ein geübtes Auge leicht, sie zu finden. Und ein geübtes Auge, das weißt du, habe ich.«

»Juris, der Bernsteinkönig, so nennen sie dich«, sagte Donald, und sein Vater nickte stolz.

»Ja, das stimmt. Ich kann den Bernstein schon ahnen, wenn das Wasser sich noch kräuselt, und spüre ihn, selbst wenn er noch Meter vom Strand entfernt schwimmt. Ich watete also in der aufgewühlten See, die Möwen kreischten über mir und plötzlich war da dieser Jutesack. Wie Treibholz schwankte er hin und her, unentschlossen, ob er den Weg zum Strand oder den ins offene Meer wählen sollte. Nachdem er einige Male gegen mein Netz gestoßen war, und ich ihn genauso oft wieder ins Wasser zurückgeschoben hatte, wurde es mir zu bunt. Ich griff nach ihm und bemerkte, er war schwerer, als ein leerer Sack es sein durfte. Unter großer Kraftanstrengung zog ich ihn an Land. Im Wasser hatte ich sein Gewicht unterschätzt.

Inzwischen war ich nicht mehr allein. Auch andere Bernsteinsucher standen mit ihren Eimern und Netzen im Wasser. Aber als ich den Sack an den Strand geschleppt hatte, kamen sie neugierig heran und bald umringten sie mich wie Löwen ihre Beute. Ich ritzte den vernähten Sack mit meinem Messer auf und schüttete den Inhalt in den Sand. Ein Bernstein nach dem anderen flog heraus, einer größer als der andere. Es waren so viele, dass der Boden um mich herum fast ganz von ihnen bedeckt war. Vor Erregung redeten alle wild durcheinander. Da keiner von einem Schiffsuntergang gehört hatte, waren wir schließlich der Meinung, dass der Sack bei einem unvorsichtigen Manöver von Bord gefallen sein musste. Für mich war dieser Morgen natürlich so erfolgreich, dass ich nicht weiter suchte. Ich ging nach Hause, wusch und bürstete die Steine – du erinnerst dich? – und holte die Waage.

Für den Abend hatte ich alle zu einem Fest eingeladen. Und das gesamte Dorf kam. Wir hatten noch nicht richtig begonnen, als zwei Männer in langen Mänteln auftauchten. Die Partei, sagten sie, erhebe Anspruch auf den Fund. Ohne viele Worte zu machen hieß es, ich müsse ihn abgeben. Ich protestierte energisch und alle unterstützten mich. Jakobs Neffe Elias ergriff das Wort und sagte, nach internationalem Seerecht gehöre alles, was an den Strand gespült würde, dem Finder. ›Das stimmt‹, sagte einer der beiden im Mantel. ›Aber der Finder hat es der Partei auszuhändigen. Das steht im Parteiengesetz.‹ Ich weigerte mich und die beiden verschwanden. Wir feierten, obwohl wir wussten, dass der Besuch ein Nachspiel haben würde. Und prompt stand am nächsten Morgen ein Lastwagen vor dem Haus. Soldaten sprangen herab, ihre Gewehre im Anschlag. Das war es dann mit dem großen Bernsteinfund. Was aber macht mein kleiner Sohn Donald? Er schleicht in meine Werkstatt und versteckt in dem ganzen Tohuwabohu den größten Stein, den er finden kann, im Stall unter einem Kuhfladen. Ja, das ist mein Donald. Sie haben alles durchsucht, auch eine Leibesvisitation ließen sie nicht aus. Danach verschwanden sie so schnell, wie sie gekommen waren. Aber den Brocken, der unter Madeleines Kuhfladen lag, den größten und wertvollsten, weil darin ein Insekt zu sehen war, den fanden sie nicht. Und selbst wenn, die Kuh hätte nicht einmal von der Partei belangt werden können! Großmutter sagte damals, als sie aus dem Stall zurückkam: ›Ja, unsere Madeleine ist schon ein besonderes Tier. Eine schlitzohrige lettische Ostseekuh, nicht wahr, Donald?‹.«

Lachend schob ihn sein Vater vom Sofa. »Jetzt ist aber Schlafenszeit!« Donald legte sich ohne Widerrede hin und zog die Decke bis unters Kinn. Was für ein Tag, überlegte er. Seit er in Deutschland war, hatte er keinen schöneren Abend erlebt als diesen. Wenn er die Erlebnisse des Tags abzog, war das so ziemlich alles, was er sich wünschte. Seine Omammīte hatte gesagt, die Glocke schlage jede Stunde, aber erst am Abend würden die Stunden zusammengezählt. Heute hatte er das verstanden. Er zog sein Pflaster ab, er brauchte es nicht mehr. Es gehörte in eine andere Zeit, und von der wollte er an diesem Abend so gar nichts mehr wissen.

II

W as dann geschah, wurde später von den Beteiligten in drei verschiedenen Versionen erzählt. In einem Punkt waren sich jedoch alle einig. Er betraf das Wetter. Dieser Tag im August war lupenrein lettisch, wie Donald gesagt hätte. Die Sommerferien hatten begonnen, und der wolkenlose Himmel zeigte sich geduldig wie ein unbeschriebenes Blatt. Und weil der Wind gedreht hatte, war die Schwüle vom nächtlichen Regen geradezu weggespült worden.

Stella-Marie erzählte ihrem Freund Boris Folgendes: Sie habe an der Bushaltestelle auf ihn gewartet. Weil er aber nicht rechtzeitig gekommen sei, wäre sie schon mal mit dem Bus vorgefahren. Kathie habe dringesessen und so wären sie gemeinsam am Marktplatz in der Stadt ausgestiegen. Ihre Mutter habe am Morgen wieder voll rumgelabert, wegen der Haare und so. Aber sie habe ihr den Föhn unter die Nase gehalten und einen auf Victory gemacht. Sie habe noch ihre Kohle gecheckt, aber weil sie sowieso nichts kaufen wollte, wäre der Stand schon o.k. gewesen. Kathie habe auch nichts Besonderes vorgehabt, nur abhängen, und vielleicht noch beim Aldi was zum Vorglühen für die Fete am Abend holen, weil sie dran gewesen wäre.

Am Marktplatz dann Nada, Zero. Es sei voll heiß gewesen, als sie auf den Bus warteten, in dem sie Boris vermuteten. »Aber du Penner warst ja nicht drin.« Kathie und sie seien dann rüber zur Eisdiele, weil die sich ein geiles Erd-beerteil holen wollte, und da sei sie eben mal mitgegangen. Voll gut war, dass Kathie ihr auch eines gekauft habe. Bes-ser gesagt, kaufen wollte. Weil es einfach nicht dazu ge-kommen sei. »Da labert mich doch diese blöde Lehrertussi so schräg an, ich soll sofort den Kaugummi aufheben und so was. Kaugummi, Mann! Verstehst du, kann doch der Ollen egal sein, wo ich den hinspucke, kann ja wohl nicht sein, dass ich mir so eine Anmache reinziehe. Und die hörte damit gar nicht auf, die zeterte wie ein Ochse, und dann kam auch noch der Typ von der Eisdiele dazu. Die volle Punktzahl hätte ich für den Hammer gekriegt, den ich auf ihre Nase gesetzt habe. Da wärste stolz auf mich ge-wesen! Aber wegen dem Blut und so war der Italo fast aus-gerastet, und die Olle hat geheult wie 'ne Sirene.« Da sei ihr die Lust auf das blöde Eis vergangen, bei dem Galama. »Voll heavy!« Und genau da sei der Russenschwachmat mit dem rattenscharfen Namen von hinten in sie rein-gesprungen. »Voll ins Kreuz, klar? Mann, der hat mir den Ärmel aus der Jacke gerissen, der Letten-Kanake. Und wa-rum glotzt du mich jetzt so an? Hau ihn weg, Mann! Ich such' mir raus, welche Farbe er danach haben soll! Ka-pisch?«

Karin Beerwald erzählte den herbeigelaufenen Passanten, wie sie an diesem Morgen in bester Laune aufgestanden und zum Marktplatz gegangen sei, um beim griechischen Gemüsehändler Artischocken und Tomaten zu besorgen. Und dann das! Nein, die beiden Mädchen kenne sie nicht, sie schätze sie auf 15 oder 16 Jahre. Gut möglich, dass sie auch jünger seien. Sie hätten sich umgedreht, als würden sie jemanden suchen. So eine Maskerade müsse wohl ganz schön Arbeit machen, habe sie gerade noch gedacht, als die Größere der beiden ihr mit sichtbarer Verachtung einen Kaugummi genau vor die Schuhe spuckte. »Ich muss doch bitten!«, oder etwas Ähnliches habe sie gerufen. Was aber nicht die geringste Reaktion bei dem Mädchen auslöste. Lauter als beabsichtigt, das gebe sie zu, habe sie die Jugendliche aufgefordert, den ekelhaften Kaugummi wieder aufzuheben. Vielleicht habe sie dabei deren Arm berührt, falls das so gewesen sein sollte, wäre es doch bereits zu ihrem Schutz geschehen. Aber so genau könne sie sich daran nicht mehr erinnern, weil sie der Schlag bereits direkt ins Gesicht getroffen habe. Und der sei derart heftig gewesen, dass ihr das Blut aus der Nase geschossen und hier über ihr Kleid gelaufen sei. In dem Moment habe sie nur überlegt, wie sie das je wieder herauskriegen solle. Der Rest sei im Tumult untergegangen. Von Donald – wo war der bloß hergekommen? – erzählte sie nichts. Dagegen schon, dass der Eisverkäufer in seinen Laden gerannt und mit einem Packen Servietten wieder herausgekommen sei. An etwas anders könne sie sich leider nicht erinnern.

Karin Beerwald verschwieg, wie Donald mit der Angreiferin rang, sie davon abhielt, nochmals zuzuschlagen. Das Mädchen hatte fürchterlich geflucht, weil Donald so an ihrer Lederjacke zog, dass der Ärmel abriss. Fassungslos hatte die Rot-Schwarze auf ihren nackten Oberarm gestarrt und wollte schon auf ihn losgehen. Die andere aber zog sie weg. Gemächlich, als würden sie von einem Schaufensterbummel kommen, trotteten die beiden über den freien Platz und verschwanden in einer der kleinen Seitenstraßen.

In der Zwischenzeit hatte sich bei Karin die größte Aufregung gelegt und der besorgte Italiener, unter flehender Anrufung einiger Schutzheiliger, Eis gebracht. Nicht die Leckerei, sondern in Tücher gewickelte Würfel für Stirn und Wange. So stoppte schließlich das Nasenbluten. Als sich der entstandene Pulk nach und nach auflöste und Karin wieder einigermaßen klar denken konnte, sah sie sich nach Donald um. Der aber war ebenso verschwunden wie die Mädchen.

*

»MIST! MIST!« Donald war sich sicher, von jetzt an hatte er ein erhebliches Problem. Die alte Hündin sah ihn aufmerksam an, als er das laut vor sich hin schimpfend sagte. Schon von weitem hatte er Stea an der Bushaltestelle gesehen und beschlossen, zu Fuß in die Stadt zu gehen. Als ein Arbeitskollege seines Vaters mit seinem Wagen hielt, um ihn mitzunehmen, war er ins Auto gestiegen. Eigentlich wollte er gar nicht zum Marktplatz, sondern zu seiner Nachhilfelehrerin. Obwohl sie gar nicht verabredet waren. Die beiden Mädchen hatten am Brunnen gestanden, und es kam ihm vor, als machten die meisten Personen einen großen Bogen um sie. Stella-Marie, die andere kannte er nicht. An dem Vormittag trug Stea trotz des schönen Wetters ihre schwarz-rote Lederjacke. Er wiederum war hinter einem Kürbisberg versteckt, den der Grieche kunstvoll aufgebaut hatte. Als sich die beiden Mädchen in Richtung Eisdiele bewegten und gleichzeitig Karin Beerwald – sie trug ein gelbes Kleid mit einem schmalen Gürtel um die Taille – aus der oberen Gasse anspaziert kam, beschlich ihn eine dunkle Vorahnung. Stella-Marie war immer auf Zoff aus. Er dachte noch, wenn die in Karin Beerwald die Lehrerin erkennt, gibt es Ärger. Zunächst passierte nichts. Er musste sich wegducken, weil Stella-Marie sich umgewandt hatte. Und dann war alles ziemlich schnell gegangen. Karin Beerwald hatte offenbar etwas zu den Mädchen gesagt, was von denen äußerst negativ aufgenommen worden war. Dann hatte Stella-Marie einfach zugeschlagen und Frau Beerwald sich mit beiden Händen ihr Gesicht gehalten. Als er das Blut sah, ging er auf Stea los. Sie solle Frau Beerwald in Frieden lassen! Gleich darauf sah er Steas dicken weißen Oberarm. Er rechnete schon mit dem Schlimmsten, doch dann hatten sich die beiden einfach verzogen. Wohin, das konnte er sich leicht denken.

»Jetzt gibt Boris Gas – und der macht keine Gefangenen. Nichts wie weg, dachte ich nur noch! Was jetzt? Was mache ich nur? Weißt du, wohin ich gehen kann?«

Die Hündin, die sich während der Erzählung im warmen Gras gewälzt hatte, machte schon vor Donalds Frage Anstalten zu verschwinden. Er versuchte nicht, sie aufzuhalten. Vielleicht sollte er zu seinem Vater ins Kühlhaus. Aber der sah es gar nicht gern, wenn er dort aufkreuzte. Karin Beerwald würde bestimmt im Krankenhaus sein, die schied auch aus. Blieb noch das Gartenhaus. Aber seitdem dort dieser Landstreicher aufgetaucht war, war ihm der Ort unbehaglich geworden. Und wie war das mit den Ravioli? Der Besitzer wird sie bestimmt vermissen! Und auf Mäuse konnte er den Diebstahl kaum abwälzen. So wechselte Donald den Stadtteil und drückte sich, bis ihm die Kassiererin unmissverständlich klar machte, er solle entweder etwas kaufen oder verschwinden, eine Weile in einer Drogerie herum. Weil in den Regalen Grabkerzen angeboten wurden, kam ihm die Idee, auf den Friedhof zu gehen. Blumen und Trauer, das kam Boris sicher nicht in den Sinn, falls er ihn suchen sollte.

Aber der hatte seine Leute überall. Donald musste höllisch aufpassen. Boris war der Sohn eines ehemaligen Bauern, der es durch verkauftes Bauland zu Wohlstand gebracht hatte. Und weil Boris mit Geld nur so um sich warf, galt für seine Truppe Großmutters Lieblingszitat: »Wes Brot ich ess, des Lied ich sing.« Dabei war Boris selbst stark genug, mit Fäusten groß wie Zuckerrüben.

Der Friedhof war eine gute Idee gewesen. Nicht nur aus Sicherheitsgründen. In der sengenden Mittagshitze spendeten ihm die großen Bäume angenehmen Schatten. Da Donald nie zuvor auf einem deutschen Friedhof gewesen war, bestaunte er die prunkvollen Gräber, die ihm wie kleine Gärten vorkamen. Alle lagen wohlgeordnet und gepflegt in Reih und Glied. Und in die schmalen Wege dazwischen brauchte keiner einzusinken. In Okrekums war er mit der Großmutter nur selten zum Grab seiner Mutter gegangen. Allein traute er sich das nicht, denn auf dem Gräberfeld standen unzählige Holzkreuze, die so schief aus der Erde ragten, dass sie wie schwankende Gerippe aussahen. Dazu die murmelnden Gebete schwarzgekleideter, altersgebeugter Frauen. Es war ein durch und durch düsterer Ort. In Okrekums zu den Toten zu gehören war wirklich schlimm. Und immer hatte er sich geweigert, zu glauben, dass seine Mutter auf diesem Friedhof lag. Sie konnte doch so gut und schnell laufen. Für ihn war sie mindestens bis nach Bali oder zum Himalaja gekommen. Diese Orte gefielen ihm, er hatte Bilder von dort im Küchenkalender der Großmutter gesehen. Über diese Gedanken vergaß er selbst Boris. Wahllos lief er die Wege zwischen den Gräbern entlang, las die Namen der Verstorbenen, betrachtete brennende Kerzen, schwere Marmorplatten mit goldfarbenen Lettern und gusseisernen Kreuzen. Ganz besonders gefielen ihm Grabstellen, die mit kleinen weißen Steinen bedeckt waren. Sie ließen den Tod so unbeschwert erscheinen. Genau davon würde er seiner Großmutter berichten, ihr schreiben, dass er solche Steine für sie besorgen würde, wenn ..., nein, lieber doch nicht. Dass sie einmal sterben könnte, daran durfte er gar nicht denken. Da halfen weder weiße Steine noch Blumen. Mit einem Mal stand er vor einer ausgehobenen Grube, die

ringsum mit Tannenzweigen gesäumt war. Die Abdeck-
plane war verrutscht, und sein Blick folgte unweigerlich
den Erdklumpen und Wurzeln bis hinunter in die Tiefe.
Wie kalt es da sein musste. Und von Blumen und Schmuck-
girlanden war nichts zu sehen. Plötzlich spürte er die gleiche Angst wie auf dem Friedhof von Okrekums. Nein, der
Tod war nirgendwo schön, soviel stand fest. Er verließ den
Hain über das enge Nordtor und wurde vom gewohnten
Straßenlärm empfangen und von Menschen, die so lebendig waren wie er selbst. Vielleicht sollte er doch ein anderes Versteck finden.

*

Die Nase und das linke Jochbein schmerzten. Ihr ganzes
Gesicht, selbst die Augen, waren verschwollen. Man wollte
einen Krankenwagen rufen, aber Karin hatte abgelehnt.
»Doch nicht wegen einer solchen Lappalie.« Der griechische Händler ließ es sich aber nicht nehmen, sie nach
Hause zu begleiten. Er stellte kurzerhand einige Kisten vor
seinen Laden – wie er es auch zur Mittagszeit tat, wenn er
sein Geschäft vorübergehend schloss –, hakte sie unter
und ging mit ihr durch die engen Gassen. Erst vor ihrer
Haustür ließ er sie los: »Den Rest schaffst du allein ...« Bis
dahin hatten sie nicht miteinander geredet.
    »Vielen Dank für deine Hilfe«, sagte sie, aber er wollte
nichts davon wissen.

»Ist doch normal, oder?« Dann hatte er sich schnell verabschiedet, er wolle seine Ware nicht so lange unbeaufsichtigt lassen.

Ein Nachbar hatte sein Fenster aufgerissen und sie sprachlos angestarrt. Aber, und darüber war sie erleichtert, nichts gefragt und nichts gesagt, als sie abwinkte. So schnell, wie er erschienen war, verschwand der Mann auch wieder hinter einer weißen Gardine. Karin registrierte es kaum. In ihrer Wohnung ließ sie sich aufs Bett fallen, stand aber gleich wieder auf, um sich im Spiegel zu betrachten. Ihr bot sich ein schlimmer Anblick: Gesicht und Kleid waren blutverschmiert, und die Nase nässte noch immer leicht, war aber offenbar nicht gebrochen. Auch das Jochbein nicht, das sie vorsichtig abtastete. Trotz der sofortigen Kühlung hatte sich unter dem linken Auge eine große, lila-blauschillernde Beule gebildet. Karin stand unter Schock. Noch nie war sie geschlagen worden, sie konnte sich nicht erinnern, als Kind auch nur einen Klaps bekommen zu haben.

Und jetzt war sie von einer Jugendlichen angegriffen worden! Was würde sie der Polizei über die Angelegenheit erzählen? Hier im Ort sprach sich ein solcher Vorfall in Windeseile herum. Anzeige erstatten? Oder es lieber nicht zur Anzeige bringen? Gewalt erzeugt Gewalt, und Jugendliche, die prügeln, sind immer auch Opfer schlagender Eltern. Diesen Standpunkt hatte sie selbst rigoros vertreten, und Kollege Vogelbauer hatte sie darin unterstützt, als sie ihn mit diesen Worten in einer Konferenz lebhaft verteidigte. Vielleicht sollte sie mit der Mutter des Mädchens sprechen, wenn sie überhaupt je erfahren würde, wer es war, die sie geschlagen hatte. Sie schaute in den Spiegel. Das Schlimmste an der Attacke war ihre Hilflosigkeit: Eine Jugendliche, fast noch ein Kind, hatte zugeschlagen, als wäre es das Normalste der Welt.

»Willkommen im Leben«, hatte die andere noch gesagt, bevor die beiden Mädchen in aller Seelenruhe, so, als sei nichts gewesen, davongeschlendert sind. Und der tapfere kleine Donald? Karin schossen Tränen in die Augen. Sie versuchte, als wenn das die Tat ungeschehen machen könnte, die Blutspritzer aus dem Kleid zu entfernen, und legte sich dann mit einem nasskalten Handtuch auf dem Gesicht wieder ins Bett zurück. Die Kühle tat gut, und sie tröstete sich damit, dass alles hätte viel schlimmer kommen können, dachte dabei an Medienberichte über jugendliche Gewalttäter und besonders an solche, bei denen die Attacken tödliche Folgen gehabt hatten. Was für ein Häufchen Elend saß dann später auf der Anklagebank und vollführte vor Richter und Publikum einen letzten, verzweifelt aussichtslosen Tanz. Karin erschauderte angesichts ihres lädierten Gesichts vor diesen Gedanken. Sie wollte sich gar nicht erst das Entsetzen herbeirufen, mit dem sie jene Nachrichten verfolgt hatte, nicht an die Hilflosigkeit einer Gesellschaft denken, in der dieser maßlose Zorn wie ein Krebsgeschwür zu wuchern begann. Grausamkeit gehört zur Natur des Menschen, und viele könnten berichten, dass sie als Kind einem Maikäfer den Kopf abgebissen hatten. Hätten diese bedauernswerten Geschöpfe aber gestöhnt, es wäre zur Tötungshemmung gekommen. Da waren sich alle einig, die zugebissen hatten. Angesichts der zunehmenden Enthemmung aber fehlten mittlerweile nicht nur den Experten die Worte. »Die Sprache geht darüber verloren«, hatte Helm dazu bemerkt. »Und du wirst sehen, bald zählen wieder – wie früher – nur noch die Taten. Unser Feind steckt im Mittelalter und dagegen müssen wir uns eben mit mittelalterlichen Methoden wehren!« Sie dagegen vertrat die Position der sanften Pädagogik und war sich gleichzeitig bewusst: Ihre Haltung war an der Grundschule leichter zu vertreten als auf einem Marktplatz.

Donald jedoch, das wollte sie aus diesem Desaster mitnehmen, war zu ihrem *Fall* geworden. Ihn, den Elfjährigen, den sie vor einem Hexenhaus stehen sah, das mit Drogen und Alkohol lockte, wollte sie mit einer inneren Stabilität ausstatten, die ihm erlaubte, Ziele jenseits davon anzusteuern.

Als sie zwei Stunden später aufstand, trank sie durstig ein Glas Wasser. Dann besah sie sich erneut im Spiegel. Die Blutung hatte aufgehört, aber ihr linkes Auge war nun gänzlich zugeschwollen. Als die Türglocke anschlug, galt ihr erster Gedanke dem konsternierten Nachbarn. Aber es war Donald, der die Treppe heraufgestürzt kam. Er besah sich ihr Gesicht mit ungläubigem Staunen. Karin wandte sich verlegen ab, ließ ihn eintreten, bat ihn aber vorauszugehen. Sie ging ins Bad, holte ein frisches Handtuch und bedeckte damit die Schwellung.

»Du warst so schnell verschwunden, Donald. Ich konnte mich noch nicht einmal bei dir bedanken. Das war sehr mutig von dir, mir zu helfen, aber auch leichtsinnig, nicht wahr? Wo kamst du überhaupt her?«

Donald sagte, er habe sich auf dem Weg zu ihr befunden, schon am Morgen, und hätte die Abkürzung über den Marktplatz genommen. Jetzt sei er gekommen, um zu fragen, ob er etwas für sie tun könne, einkaufen oder so. Und außerdem wollte er die Adresse ihres Vaters.

»Die Adresse meines Vaters? Warum willst du die haben?«

Karin war perplex.

Er wolle ihm schreiben: »Nur so. Ich habe es ihm versprochen.«

Und das fiel ihm ausgerechnet heute ein? Karin sah ihn lange an, schwieg aber.

»Übrigens kenne ich das Mädchen.«

Donald sagte es und saß so lange regungslos da, bis Karin aufstand, ihr Adressbuch holte und Name und Anschrift des Pflegeheims auf ein kleines Blatt notierte. Sie reichte es ihm. Er griff hastig danach, und ohne dass Karin es bemerkt hatte, war der Zettel in einer der Hosentaschen verschwunden. Dann hatte er es plötzlich sehr eilig. Aber Karin hielt ihn zurück.

»Du könntest mir wirklich helfen, Donald. Außerdem schuldest du mir einen Namen.« Sie bat ihn, Tee zu machen, sie wolle sich über das, was am Vormittag passiert war, mit ihm unterhalten. Während der Junge Wasser aufsetzte, suchte sie nach Keksen. Aber stechender Kopfschmerz zwang sie, die Suche abzubrechen. Vorsichtig setzte sie sich, griff nach zwei Kissen und legte ihren Kopf dazwischen.

Als habe er nie etwas anderes gemacht, balancierte Donald bald darauf ein Tablett herein. Zwei Teetassen, Zucker und, wo er das wohl entdeckt hatte, ein Glas Honig. Die Kanne trug er in der anderen Hand.

»Großmutter meint, ein Löffel Honig vertreibt jeden Schmerz!«

Obwohl Karin alles wehtat, musste sie über den Gesichtsausdruck des Jungen lachen, der, wie immer, wenn er seine Großmutter zitierte, den Mund spitzte und die Augenlider schloss.

Donald schenkte ein und Karin fragte:

»Wie heißt sie?«

»Irene, meine Großmutter heißt Irene.«

»Nicht deine Großmutter. Das Mädchen!«

»Stea, eigentlich Stella-Marie, aber Stea sagen alle. Den Nachnamen weiß ich leider nicht. Sie ist auf meiner Schule, in der Neunten oder so. Kann ich jetzt gehen?«

Donald hatte seine Tasse nicht angerührt, und Karin wusste, sie würde jetzt nichts mehr aus ihm herausbekommen. Wenn Donald nicht reden wollte, dann tat er das auch nicht. Insistieren machte es nur schlimmer. Ob sonst alles in Ordnung sei? Und als er stumm blieb, machte sie eine Geste in Richtung Tür.

»Alles bestens, ich muss jetzt nach Hause.«

Der Junge gab ihr die Hand. Sie war eiskalt. Und dabei hatten sie den heißesten Augusttag seit zwei Jahrzehnten.

Noch vor Ende dieses Monats wollte er aus Deutschland verschwunden sein. Schon viel zu lange hielt er sich hier auf. Jetzt war er schon nicht einmal mehr im Supermarkt sicher. Bei seinem letzten Einkauf war er, allerdings aus eigener Schuld, fast enttarnt worden. Unbeabsichtigt hatte er einen ehemaligen Kollegen mit dessen Vornamen angesprochen, als der ihm vor einem Regal einen Gruß zunickte. Der Andere aber war so in Gedanken vertieft, dass er nicht wieder aufschaute. Seitdem mied er alle Plätze und Straßen, von denen er annahm, dass ihm Bekannte begegnen konnten. Wenn aber doch, musste er sich eben darauf konzentrieren, unbeteiligt zu wirken. Und das versuchte er gerade wieder. Denn der Baum, unter dem er saß, schien für die Gruppe, die plötzlich in seiner Nähe aufgetaucht war, von ungeheurem Interesse zu sein. Es waren augenscheinlich Vogelkundler. Er kannte sogar den, der mit dem Zeigefinger am heftigsten in seine Richtung deutete, ein über die Gegend hinaus anerkannter Ornithologe. Er war mit Fernglas und Fachbuch, gefolgt von einer siebenköpfigen Gruppe, einen aufgelassenen Weinberg hinabgestiegen und hatte im Tal energisch Büsche auseinandergezogen. Jetzt starrten sie alle durch ihre Feldstecher zu ihm hinüber. Oder doch auf den Baum? Wilhelm-guck-in-die-Luft und seine sieben Raben, dachte er, lief dann aber, alle Vorsicht außer Acht lassend, den Weg entlang. Schließlich erreichte er im Schutz der Weinstöcke unbehelligt das Gartenhaus.

Auch diese Exkursion war einmal mehr erfolglos geblieben. Die Familie, die sein Haus bewohnte, schien es nie zu verlassen. Das Kind spielte vermutlich in seinem Garten oder planschte im Wasser seines Schwimmbades herum. Er dachte manchmal, es sei gut, dass er kein Gewehr besaß.

*

Boris war nicht am Platz. Nicht einmal in der Nähe. Er war mit seinen Eltern nach Kanada geflogen, um dort per Wohnmobil Land und Leute kennenzulernen, wie er vor den Ferien großspurig im Schulhof angekündigt hatte. »*Land und Leute*, das bedeutet nichts anderes als kanadische Biersorten.« So erklärte es Frau Holler, die Kassiererin im Supermarkt, feixend den Wartenden. Donald war der Letzte der Reihe, verstand aber jedes Wort.

»Ein Wohnmobil groß wie ein Zweifamilienhaus und ausgestattet mit allem Komfort haben die gemietet. Dabei kann doch von denen keiner Englisch … oder reden die da gar kein Englisch, sondern Französisch? … egal, jedenfalls haben sie eine Menge Geld mitgenommen, weil der Euro dort doch so günstig steht, und Boris war vor dem Abflug sogar beim Friseur und hat sich die grünen Strähnen rotweiß gefärbt. Am Hinterkopf wollte er sich ein Ahornblatt ausrasieren lassen, aber das hat dann eher ausgesehen wie ein Vogel. Das passt doch …«, lachte die Kassiererin und tippte sich mit dem Finger auf die Stirn. Das Gelächter der Wartenden war bis nach draußen zu hören.

Donald, der eine Woche lang sein Zimmer nicht verlassen hatte, atmete bei dieser Information auf. Er war zum Einkaufen geschickt worden und hatte sich ängstlich an den Häusern entlanggedrückt. Aber auf der Straße war alles ruhig geblieben. Jetzt wusste er warum. Denn Boris hätte sich bemerkbar gemacht, dessen war er sich sicher. Aber auch von Stea fehlte jede Spur. Der Gestank ihres Parfüms war normalerweise durch sein geschlossenes Fenster hindurch zu riechen.

Er musste in den Supermarkt, denn Juris ging es nicht gut. Wegen des Kühlhauses, wie er sagte. Kälte-Hitze-Kälte. Das könne doch keiner aushalten. Donald sollte Brot und Milch holen und dann sei doch noch etwas gewesen ...

»Ach, ja, eine Flasche Wodka, das Einzige, was eine Erkältung vertreiben kann.«

Donald hatte die Waren auf das Band gestellt. Frau Holler nahm die Flasche an sich. »Alkohol an Kinder, das geht nicht, gar nicht.«

Donald war bis über die Ohren rot geworden, stammelte, das sei Medizin für den Vater. »Wegen der Grippe und so«, aber Frau Holler händigte ihm die Flasche nicht wieder aus. Er befürchtete zu Hause Ärger zu bekommen, aber als er in die Wohnung zurückkam, war sein Vater nicht mehr da. Stattdessen fand er einen Zettel:

Bin im Kühlhaus. Komme dorthin. Bring deinen Rucksack mit.

Der große Platz vor der Halle, auf dem ansonsten Lastkraftwagen standen, war bis auf einen, der das Chassis über den Motor hochgeklappt hatte, leer. Wie immer lag auf dem gesamten Areal kein Stäubchen. Dafür, so erzählte Juris oft, sorge der Chef persönlich. Nicht, dass er gefegt hätte, der Hausmeister musste mit seiner Kehrmaschine mehrmals täglich das gesamte Gelände durchkämmen. Vergangenen Herbst habe der Chef nach dem ersten größeren Sturm fast einen Herzanfall erlitten und den Hausmeister schon vor 5 Uhr aus dem Bett geklingelt.

»Ich mache Sie persönlich dafür verantwortlich«, hatte er ins Telefon geblafft, und der arme Hausmeister war sich nicht sicher, was der Chef genau damit gemeint haben könnte.

Es war fast so etwas wie Freundschaft, die seinen Vater mit ihm verband, vielleicht hatte sie aber auch nur die gemeinsame Herkunft aus Osteuropa zusammengeschweißt. »Ein Russlanddeutscher, der Eugen heißt«, bekam Donald zur Antwort, als er mehr über ihn wissen wollte.

Eugen saß ausnahmsweise nicht auf der Kehrmaschine, sondern machte sich mit Juris im Motorraum des Lastwagens zu schaffen. Aber wie Donald bald feststellte, wurde nichts repariert. Aus allen möglichen Tiefen und Untiefen wurden Flaschen und Zigaretten herausbefördert. Eugen und sein Vater fuhren wieder Schmuggelware ein, dachte Donald, während er auf die beiden zuging. Nachdem die große Stofftasche von Juris gefüllt war, landete ein Teil in Donalds Rucksack, der andere in der Kehrmaschine, die immer dort stand, wo Eugen sich befand. Das alles ging so schnell, dass ein unbeteiligter Zuseher glauben musste, es würde gerade mal der Ölstand kontrolliert. Der Fahrer des

Wagens kam zurück, ein paar Scheine wechselten den Besitzer, dann verließen Donald und Juris das Gelände. Der Vater schien wieder bei bester Gesundheit zu sein. Vielleicht hat er recht, dachte Donald, Wodka hilft gegen Erkältung. Selbst wenn er noch in der Flasche ist.

Juris hatte sich nach dem kurzen Ausflug zur Firma wieder hingelegt, Donald am anderen Morgen aber früh geweckt. Es war ausgemacht, dass der Junge ihn zur Arbeit begleitete. Im Lagerhaus konnte er sich während der Ferienzeit ein paar Euros hinzuverdienen. Sein Vater hatte ihn in der Personalabteilung als Vierzehnjährigen ausgegeben und die Arbeitskollegen um Stillschweigen gebeten.

Die Arbeit, Kartons zu falten und zusammenzuschnüren, war leicht, aber langweilig. Immerhin gab es über die Urlaubswochen genügend zu schauen. Lastwagen aus ganz Europa kamen auf den Hof gefahren, wurden entladen, nahmen neue Waren auf und fuhren wieder ab. Donald interessierte sich für alle Kennzeichen und Werbeaufschriften. Als ein Wagen aus Lettland einfuhr, verließ er das erste Mal seinen Kartonberg. Donald war überzeugt, mit dem Fahrer ein paar Worte in Lettisch wechseln zu können. Den Klang der Sprache hatte er schon so lange nicht mehr gehört. Sein Vater redete nur deutsch mit ihm. Es sei denn, er tobte und fluchte. Für Wutausbrüche fehlt es ihm offenbar an deutschen Ausdrücken, dachte Donald und verstand das keineswegs. Denn Großmutter hatte sich bei ihren verbalen Angriffen auf Juris nicht zurückgehalten. Eigentlich hätte sein Vater ein großes Repertoire an

Schimpfwörtern haben müssen. Donald begriff die Erwachsenen einfach nicht, wie er der alten Hündin oft erzählte.

Der Fahrer war noch in seiner Kabine, als Donald auf ihn zuging. Freundlich und stolz zeigte er dem Jungen das Führerhaus und die Schlafkoje, die nicht mit Pin-up-Girls, sondern mit Fotos seiner Kinder geschmückt war. Donald erzählte und erzählte und wollte gar nicht wieder aufhören, in seiner lettischen Sprache zu reden. Ein lauter Schrei unterbrach seine sprachlichen Kaskaden:

»Was ist das hier für ein Saustall bei den Kartons ... Ich mache Sie persönlich dafür verantwortlich ...«. Der Chef war bei einem Rundgang auf Donalds unaufgeräumt verlassenen Arbeitsplatz gestoßen. Sofort hatte er den Lagermeister gerufen, der ebenso wenig eine Erklärung für das »ganze Chaos hier« fand, aber wortreich versprach, sich unverzüglich darum zu kümmern. Da er den blonden Schopf Donalds aus der Fahrerkabine hervorlugen sah, war wirklich Eile geboten. Denn jedem, vor allem dem Chef, musste sofort klar sein, dass der Junge noch keine vierzehn war. Und so erschrocken, wie er aus dem Lastwagen schaute, hätte man ihn eher auf neun denn auf elf Jahre geschätzt. Geistesgegenwärtig verschwieg der Lagermeister, dass der, der für die Kartons verantwortlich war, gerade da drüben auf dem LKW herumturnte. Es wäre doch nur wieder auf ihn zurückgefallen.

»Papiere fertig machen ... jetzt ... komm noch mal her ... Saustall aufräumen ...« Damit war Donalds Ferienjob erledigt. Er war nicht unglücklich darüber. Er bekam seinen Lohn in die Hand gedrückt, unterschrieb ein Papier und ging, nachdem er die Kartons ordentlich aufgeschichtet hatte, nach Hause, ohne sich von seinem Vater verabschiedet zu haben. Dort rechnete er nach. Bis zum Ende der Ferien waren es noch vier Wochen. Er vermutete, dass Boris so lange in Kanada sein würde. Vielleicht käme er gar nicht mehr zurück. Da gibt es doch Bären und so, dachte er. »Kommt Zeit, kommt Rat«, hätte seine Großmutter gesagt. Und wieder verstand er eines ihrer Sprichwörter ganz genau.

Donald nahm sich von seinem Lohn zwanzig Euro und steuerte Mehmets Bude an. Er bezahlte seine Schulden und bekam dafür einen extragroßen Döner zum Sonderpreis. »Hey Alter, hey Alter!« Mehmet hatte strahlend einen Zettel hervorgeholt, um ihn mit einer theatralischen Geste zu zerreißen.

Als Donald zurückkam, fand er ein Kuvert im Briefkasten. Dass es Frau Beerwald adressiert hatte, sah er sofort. Er kannte ihre Schrift von jenen meterlangen Kommentaren, die sie auf seinen Arbeiten hinterließ und die er jedes Mal kaum entziffern konnte. Er solle sich – am besten telefonisch – bei ihr melden. Ihr ginge es wieder halbwegs gut, und sie könnten an einem der nächsten Tage den versprochenen Ausflug zum Keltenmuseum machen. Eigentlich wäre er lieber in einen Freizeitpark gegangen, überlegte er, aber er konnte von einer Lehrerin, selbst wenn es Frau Beerwald war, nicht erwarten, dass sie für einen solchen Tausch Verständnis haben würde. Ihr Vater fiel ihm ein, die Anschrift hatte er gut verwahrt. Seine zweite eigene Adresse! Er wollte ihm schreiben, aber es war nicht dringlich und außerdem kam zuvor seine Großmutter an die Reihe. Da wollte er gerecht bleiben. Schließlich lag er mehrere Briefe im Rückstand.

Karin Beerwald hatte ihm ihre Telefonnummer aufgeschrieben. Donald rief an, aber sie nahm den Hörer nicht ab. Dann also zu Großmutters Brief. Er dachte, wie viel leichter es sein könnte, wenn er sie anrufen dürfte. Aber mit der Begründung, ihr Herz vertrage das Klingelgeräusch nicht, erlaubte sie Telefonate nur zu festgesetzten Zeiten. Außerdem mochte sie Briefe lieber, weil sie mit ihnen zu Gustav und Lieschen gehen konnte, um daraus vorzulesen. Arme Großmama, er hatte sie so vernachlässigt.

Donald holte seine Schulmappe, riss aus dem Rechenheft ein Blatt heraus und schrieb, dass sie hier noch viel mehr Kreisverkehre hätten, die aber überall hin führten. Gebaut würde auch, nicht so viel, weil es kein Meer gebe. Es gehe ihm gut, auch seinem Vater. Er würde ein Museum besuchen. Dort bekäme er verschiedene Kelten zu sehen. Kelten könne man nicht mehr auf der Straße treffen, sie wären ausgestorben wie die Saurier. Aber nicht durch einen Kometen, sondern weil sie den Römern nicht gehorcht hätten. Deshalb stünden sie nur noch im Museum. Sein Zeugnis sei gut gewesen und in der Schule – er vermied es, Frau Beerwald zu erwähnen – habe man ihm gesagt, er solle nur so weitermachen, dann könne er auf die Realschule und später vielleicht sogar aufs Gymnasium wechseln. Aber das würde viel kosten wegen der Bücher und so und auch wegen der Fahrkarte. Seinem Vater habe er das noch nicht erzählen können, weil er immer so viel arbeite. Zum Schluss malte er wieder ein Herz. Es war ein großes, weil noch so viel Platz auf dem Blatt übrig war.

Donald verschloss den Brief, klebte Marken darauf und trug ihn zum Briefkasten. Wie er erwartet hatte, war an der Bushaltestelle alles ruhig. Doch als er sich umdrehte, sah er Stella-Marie. Ohne schwarz-rote Lederjacke. Die Geste jedoch war eindeutig. Ihr erhobener Mittelfinger flog ihm förmlich entgegen. Donald rannte so schnell er nur konnte. Welches Sprichwort der Großmutter bei Stea geholfen hätte, wollte ihm absolut nicht einfallen.

Wenigstens erreichte er kurze Zeit später Karin Beerwald am Telefon und sie verabredeten sich für den übernächsten Tag. Es war ein Dienstag. Und sie würde ihn abholen.

*

Donald wartete am Fenster und drängte seinen Vater, der spät von der Nachtschicht nach Hause gekommen war, aufzustehen. Er solle Frau Beerwald jetzt endlich kennenlernen. Das bewegte Donald mehr als der bevorstehende Ausflug. Aber seinem Vater war die Situation unangenehm. Man bezahle der Frau viel zu wenig, und über was solle er überhaupt mit ihr reden: »Nun geh nur schon mal runter. Ich komme dann nach, ich weiß noch nicht.«

Das Auto, das vor dem Haus hielt, gehörte nicht Frau Beerwald. Trotzdem stieg sie aus. Auf der Beifahrerseite! Vielleicht war es besser, dass sein Vater nicht mit heruntergekommen war. Donald hätte sich für ihn, ungewaschen und nicht rasiert, geschämt. Karin Beerwald sah in ihrer Jeans und dem blau-weiß gestreiften, kurzärmeligen Pulli sehr schön aus. Aber am Steuer saß ein fremder Mann. Er hatte ihn noch nie zuvor gesehen. Auch er war aus dem Wagen gestiegen und beide kamen jetzt auf Donald zu.

»Das ist Herr Helm«, sagte Karin. »Er fährt uns zum Museum und holt uns auch wieder ab. Ich habe ihn darum gebeten, weil ich mich noch nicht traue, selbst zu fahren.« Donald gefiel das gar nicht. Bisher war er mit Frau Beerwald immer alleine gewesen. Der Nachbar zählte nicht. Donald ärgerte sich darüber, dass er eingestiegen war, dass Frau Beerwald gar nicht nach seinem Vater gefragt hatte und dass sie jetzt unentwegt redete. Richtig peinlich, fand Donald. Er erfuhr, ohne dass er es wissen wollte, die Polizei sei bei Frau Beerwald gewesen, sie habe sich aber letztlich dafür entschieden, keine Anzeige zu erstatten. Und dass sie froh sei, aus dem Haus zu kommen, und sich sehr auf den Ausflug freue. Sie redete wie ein Wasserfall. Donald hörte gar nicht richtig zu. War dieser Helm womöglich ihr Freund? Unsinn, dachte er, in ihrem Alter hatte man keinen Freund mehr. Vom Rücksitz aus betrachtete er die beiden ganz genau. Dann sah er, dass Herr Helm einen breiten Ehering trug. Helm, Helm, den Namen hatte er schon irgendwann gehört. Aber wo nur? Fast am Museum angekommen, fiel es ihm ein. Herr Helm war Lehrer an

Frau Beerwalds Schule. Ein Kollege von ihr. Beruhigt lehnte sich Donald zurück. Lehrer und Museum, das gehörte irgendwie zusammen.

Sie hatte sich nicht besonders von Helm verabschiedet, nur gewunken und sich bedankt. »Dann bis später, ich rufe dich an ...« Donald ärgerte sich zum ersten Mal wirklich darüber, dass sein Vater kein Auto besaß. Dann hätten sie Frau Beerwald mit dem eigenen Wagen abholen können. Immerhin fuhr Herr Helm tatsächlich fort. Zwei Lehrer und ein Museum, das hätte er nicht ausgehalten. Obwohl der Mann ganz nett zu ihm gewesen war. Schon während der Fahrt hatte er Donald nach seiner lettischen Heimat gefragt und ihm vor dem Museum sogar einen Fünf-Euro-Schein zugesteckt, für Eis oder eine Cola. Schließlich habe er einen langen Weg vor sich. Zweieinhalb Jahrtausende seien kein Pappenstiel. Als er mit seinem Wagen hinter der Kurve verschwand, war Donald endlich mit Karin Beerwald allein. Nur die Kelten störten noch.

Bevor Karin ihn ins Museum führte, gingen sie einen Hügel hinauf, der ein wenig abseits vom Hauptgebäude lag: »Was siehst du, Donald?«

»Das Museum.«

»Und was noch, schau dich bitte ganz genau um!«

Was gab es zu sehen? Felder und Gegend. Mehr nicht. Getreideäcker, ein paar Bäume. Er zählte es auf.

»Du hast recht, Donald, hier gibt es wirklich nicht viel zu sehen. Aber zweieinhalbtausend Jahre früher hättest du von hier oben viel sehen können. Doch beginnen wir mit dem Geheimnis dieses Hügels. Einer Frau war aufgefallen, dass hier Steine herumlagen, die nicht in diese Landschaft gehörten. Sie wandte sich an Archäologen, die dann genau hier auf den Eingang zu einer Grabkammer stießen.«

»Nur ein Grab. Ziemlich öde, oder?«

»Ja, aber was für eines. Ein Fürstengrab! Mit echtem Goldschmuck, voller Stoffe, sogar die Schuhe des Fürsten und sein Birkenrindenhut sind erhalten geblieben.«

Donald dachte an das Grab seiner Mutter, während Karin Beerwald ihre Worte mit weit ausholenden Gesten untermalte. Unvermittelt stand sie auf und zeigte auf das Gebäude. Dorthin würden sie jetzt gehen.

Schon der Eingangsbereich faszinierte Donald. Er war hell und großzügig gestaltet und zeigte in Schaukästen Gerätschaften, die fast genauso aussahen wie das Werkzeug in Gustavs altem Schuppen. Donald hörte aufmerksam zu, als Karin sagte, dass alle Funde aus Grabungen stammten, die rund um das Museum gemacht worden waren. Sie deutete auf die großformatigen Plakate, die die Arbeitsweise von Archäologen erklärten, und schilderte ihm mit eindringlichen Worten, wie unwahrscheinlich es gewesen war, dass alle diese Schätze Jahrtausende lang Räubern entgangen waren.

»Vor allem das Fürstengrab, Donald. Ein echter Glücksfall!«

Über einen langen Gang ging es hinunter zur Grabkammer. Der unterirdische Weg führte direkt in den Hügel hinein, auf dem sie zuvor gesessen waren. Donald beschlich ein Gefühl der unbändigen Angst, wie er es von Okrekums kannte. Aber anders als seine Großmutter, die immer schwieg, wenn sie mit ihm den Friedhof und das Grab der Mutter besuchte, redete Karin in einem fort. Der Klang ihrer Stimme beruhigte ihn. Dann standen sie vor der rötlich ausgeleuchteten Grabstätte.

Donald fiel sofort der rote Stoffbezug des Ruhebettes ins Auge, auf dem der Fürst ausgestreckt lag. Er hätte schwören können, dass es die gleiche Farbe hatte wie das Sofa in der Hütte des verwilderten Gartens. Erst nach Karins eindringlicher Ermahnung achtete er auf die goldene Rahmenstruktur der Lagerstatt, die von acht kleinen, ebenso goldenen Figuren getragen wurde. Die Figuren selbst waren auf Rollen montiert und erinnerten Donald an das Krankenhausbett seiner Mutter. Karin machte ihn auf den Birkenrindenhut aufmerksam, der in Kopfhöhe des Fürsten lag, sowie auf die roten Schuhe. »Wie der Papst!« Donald staunte. »Großmutter findet das elegant! Wir haben einen eleganten Papst, sagt sie immer, wie ein echter Italiener!«

Dann wies Donald Karin darauf hin, dass der Fürst ja gar kein Gesicht mehr habe: »Nur einen seltsamen schwarzen Kopf, wie eine Schaufensterpuppe!«

»Aber Donald, natürlich. Das ist doch nicht der wirkliche Leichnam des Fürsten. Von dem blieben nur die Knochen übrig, die du oben gesehen hast. Was du hier siehst, ist eine Rekonstruktion, es geht um die Kleidung und die Größe des Toten. Damit du eine Vorstellung von dem Leben damals bekommst.«

»Aber der Rest?«, fragte Donald ungläubig.

»Sind auch alles nur Nachbildungen. Die echten Fundstücke liegen gut verwahrt in der Landeshauptstadt.«

»Nachbildungen? Kein echtes Gold und so?«

»Das Werkzeug in den Vitrinen ist echt.«

Donald war tief enttäuscht. Vor ihm stand zum Greifen nah ein länglicher Wagen, der an den Seiten wunderschöne schwarze Räder mit gedrechselten Speichen hatte und mit goldenen Schalen bestückt war.

»Ehrlich, nicht echt?«

Die Enttäuschung stand ihm immer noch ins Gesicht geschrieben.

»Du musst nicht enttäuscht sein!«, sagte Karin. »Ob du hier das Original oder eine Nachbildung siehst, ist nicht wichtig. Weder das eine noch das andere kann dir die Wahrheit erzählen. Nicht was du siehst, sondern ob du es in dir zum Leben erwecken kannst, ist wichtig.«

»Aber echtes Gold glänzt doch noch mehr, oder?«

Donald hatte breit gelächelt, als er dies fragte. Er war mit ihrer Antwort nicht zufrieden gewesen, vermied es aber, weiter darauf einzugehen. Sie standen schon zu lange vor dem Fürstengrab. Donald sah erst jetzt den meterhohen bronzenen, mit Löwen geschmückten Kessel, der im Hintergrund der Kammer stand. Er zeigte mit dem Finger auf ihn.

»In so einen ist Obelix gefallen?«

»Du meinst, in einem solchen Kessel hat Miraculix seinen Zaubertrank gebraut? Könnte schon sein ...«, lächelte Karin und schwieg. Sie glaubte zu spüren, was sie ihm über die Monate zu vermitteln versucht hatte, nahm Form und Farbe an. Jetzt war er Donald, der Keltenjunge, und dies war sein Fürst gewesen. Was er tragen konnte, hatte er ihm vor die Füße gelegt, damit es ihm auf der letzten Reise an nichts mangelte. Die Trinkhörner hatte er eigenhändig mit Wein gefüllt und an die Wand gehängt und dann sein Schwert zur Seite des Totenbettes gelegt. Schließlich hatte er zugesehen, wie der goldene Halsring des Fürsten durchgeschnitten wurde, damit er beim Übertritt ins Jenseits nirgendwo hängen blieb und ihm dabei versehentlich der Kopf abgerissen wurde. Dann hatten die Priester den Rumpf in Tücher gehüllt. Mit Liedern und Gebeten hatte sich der Stamm klagend zurückgezogen und über ein halbes Jahr an dem Grabhügel gebaut, ehe der Fürst hier seine letzte Ruhestätte fand. Aber wo hatte man ihn zuvor hingebracht, ihn, der im hohen Alter von vierzig Jahren verstorben war? Stimmte es, hatten sie ihn wirklich auf ein Bett aus Salz gelegt? Bis der Druide dann seine letzte Fahrt verkündete, nachdem Helfer Misteln, das grüne Gold der Kelten, von der Eiche geholt hatten, am sechsten Tag nach Neumond.

Für einen Moment war Karin sehr aufgewühlt. Sie spürte eine wohltuende Wärme in sich, weil sie in Donald einen Verbündeten gefunden zu haben glaubte. Ein Seitenblick auf ihn dämpfte jedoch ihren Enthusiasmus. Er war vorausgegangen und saß auf einem Heizkörper im

Foyer wie auf einem Katapult, das ihn in die Gegenwart befördern sollte. Sie setzte sich neben ihn und beide starrten durch die große Glasfassade. Draußen lärmten Kinder in Badekleidung. Sie waren im Freibad gewesen und nun auf dem Nachhauseweg. Der kleinste der Gruppe zog einen bunten Schwimmreifen hinter sich her und hüpfte dabei wie ein übermütiger Ziegenbock.

Karin klopfte auf ihre Armbanduhr. Sie wollten noch die Außenanlage besuchen, in der eine kleine keltische Siedlung aufgebaut stand. Zumindest für das keltische Wohnhaus sollte noch Zeit sein.

Als sie sich in dem großen, spärlichst ausgestatteten Raum umschauten, überkam Donald der starke Wunsch, diesen Platz nie mehr verlassen zu müssen. Er wollte nicht hinaus, nicht in Helms Auto steigen, nicht vor der Wirtschaft abgesetzt werden. Auf dem Hügel, im Ausstellungsraum, vor dem Fürstengrab und jetzt in diesem nachgebildeten Wohnhaus fühlte er sich so geborgen, wie er es seit der Abreise aus Okrekums nicht mehr erlebt hatte. Wäre er doch in Wirklichkeit dieser Kelten-Donald! In einem umfriedeten Raum mit seinem Fürsten bräuchte er sich nicht mit seiner Angst vor Boris herumplagen. Er war den Tränen nahe, als er das Auto sah, und nahm zum ersten Mal Karin Beerwalds Hand, als könnte dies etwas ändern. Sie ließ ihn gewähren, hielt seine Hand, bis er ins Auto gestiegen war. Dann lächelte sie ihn kurz an und sagte, dass auch ihr der Ausflug sehr gefallen habe, bevor sie die Autotür zufallen ließ und sich vor ihm neben Helm setzte.

Sie verstand nicht. Wie auch. Er konnte ihr doch nicht

von seiner Angst vor Boris' Attacken, die er unweigerlich auf sich zukommen sah, erzählen, wie sollte sie darauf reagieren? Längst hatte er begriffen, dass es ein großer Fehler war, ihr geholfen zu haben. Stea hatte natürlich geredet und Boris würde ihn umbringen! Oder fürchterlich verprügeln oder wer weiß was sonst noch. Sein Vater war ihm keine Hilfe, Frau Beerwald auch nicht und seine Großmutter erst recht nicht. »Wer den Wind sät, wird Donner ernten«, würde sie sagen. Während des Ausflugs war alles so weit weg gewesen, aber jetzt, wo er vorbei war, ließ es sich nicht wieder verdrängen. Es begann zu regnen.

*

Insolvenzverschleppung, Bestechung, Steuerhinterziehung: Er befand sich in guter Gesellschaft damit. Nur würde ihm das vor Gericht auch nichts nützen. Ganz im Gegenteil. Je mehr solcher Verfahren durch die Presse geisterten, desto lauter wurde der Ruf nach härterer Bestrafung. Dass er sich nicht stellen würde, war völlig klar. Wie nervig allein die ständigen Kontrollen gewesen waren. Diese Prüfer hatten die Generalvollmacht, ihn zu vernichten. Er hatte das alles satt, lange bevor sich das Ende abzeichnete. Immer am Rand der Illegalität, um überhaupt über die Runden zu kommen. Egal, was er machte, es ging immer um das Geschäft. Selbst beim gelegentlichen Stammtisch, im Schwimmbad, in der Sauna.

Der goldene Boden des Handwerks war für ihn zum morastigen Untergrund geworden, in den er jeden Moment zu tief einzusinken drohte.

Als die Steuerfahnder an jenem Morgen um sieben Uhr vor seinem Haus standen, hatte er alles an sich genommen, was er auf die Schnelle finden konnte. Viel war es nicht. Die Anzahlung eines Kunden, ein paar Goldmünzen und den Erbschmuck seiner Tochter. Er hatte die Tür geöffnet, die Prüfer hereingelassen, ihnen Kaffee angeboten, um dann unbemerkt das Haus über den Hinterausgang zu verlassen.

Sein Fahrzeug stand noch vor dem »Goldenen Schwanen«. Ungesehen war er davongekommen. Glück im Unglück, dass er sein Auto am Vorabend nach einigen Bieren dort und nicht in der Garage geparkt hatte. Aber dann dachte er plötzlich an Fahndung und fuhr von der Straße ab. Er musste das Auto loswerden, ließ es auf dem großen Parkplatz hinter dem Keltenmuseum stehen und ging zu Fuß zur Bundesstraße zurück. Bei einer nahegelegenen Tankstelle suchte er nach einer Mitfahrgelegenheit. Ein holländischer Fernfahrer ließ ihn einsteigen. Das üppige Trinkgeld war unbemerkt in einer der vielen Taschen seines Overalls verschwunden.

Es folgte ein wochenlanger Aufenthalt in Italien. Aber ohne falschen Pass konnte er nicht an sein Vermögen herankommen, nicht sein neues Leben wie geplant beginnen. Als ihm das Geld ausging, verrichtete er Gelegenheitsarbeiten und zog bald von einer Spelunke zur anderen. Fast hätte er sich am billigen italienischen Wein totgesoffen.

Irgendwann war es genug, und er kehrte auf dieselbe Weise zurück, wie er gekommen war, nur dass die erschütternde Geschichte, weshalb er mitgenommen werden sollte, nun glaubhafter wirkte. Er musste an seinen Pass gelangen. Wie ein Mantra murmelte er es vor sich hin.

Die Bank hatte in der Zwischenzeit sein Anwesen verkauft und mit dem Erlös den Hauptgläubiger befriedigt. Sich selbst. Mittlerweile waren die Neuen in sein Haus eingezogen. Er hätte nicht so lange in Italien bleiben dürfen. Die Papiere wusste er sicher verwahrt, darüber machte er sich keine Gedanken. Aber sie saßen einfach immer im Haus. Er hatte gehofft, dass die Familie in den Urlaub fahren würde. Nur da bewegte sich nichts. Wie er es drehte und wendete, es konnte nicht ewig so weitergehen. Er musste irgendwie in den Keller kommen! Sollte er etwa einbrechen, wenn die Bewohner oben schliefen? Nein, das wäre zu riskant! Würde er erwischt, wäre alles verloren. Verzweifelt schlich er einmal mehr um sein ehemaliges Grundstück, beobachtete, so gut es eben ging, die Gewohnheiten der neuen Besitzer. Aber er konnte nicht stundenlang auf der Straße stehen und das Haus anstarren. Es half nichts, er brauchte eine Idee und dann ab nach Kairo. Per Flugzeug. Und später vielleicht doch zu seiner Tochter nach Australien. Aber erst, wenn genügend Zeit verstrichen war. Daran wollte er noch keinen Gedanken verschwenden.

Er würde wieder auf die Beine kommen und wenn er Datteln züchten oder bis nach Dubai gehen musste, um dort sein Brot zu verdienen. Schließlich konnte ihm in sei-

nem Beruf so schnell keiner was vormachen. Mit einer zer-
knüllten Zeitungsseite wischte er das verstaubte Fenster
sauber, zog den Stuhl heran. Es regnete. Ärgerlich. Wie
sollte bei solcher Tristesse eine Idee reifen, mit der er seinen Plan realisieren konnte.

*

Als Helm wenige Tage vor dem Ausflug ins Keltenmuseum
vor ihrer Tür stand, ließ Karin Beerwald ihn ohne ein Wort
herein. Er hatte eine Flasche Wein in der Hand, die sie viel
zu schnell leerten, dabei viel zu schnell sprachen und sich
in heftiger Umarmung viel zu schnell im Bett wiederfan-
den. Karin kam das wie ein Überfall vor, ein geschickter
Schachzug zum richtigen Augenblick. Mitten hinein in
ihre Einsamkeit.

Helm jedenfalls hatte einen Grund gefunden, Karin zu
besuchen. Er hatte natürlich, wie jeder am Ort, von der
brutalen Attacke des Mädchens gehört, wollte nach ihr
sehen, ihr helfen. Karin wehrte ab. Sie wolle an den blöden
Vorfall nicht mehr denken, sagte sie, schob stattdessen
eine CD in das Abspielgerät. Helm stand ein paar Schritte
von ihr entfernt. Die zwischenzeitlich geschlossene Ehe
bekam ihm offensichtlich, er war männlicher und selbst-
bewusster geworden. Allein, dass der Wein nicht mehr in
einem Leinenbeutel steckte! Er gefiel Karin mit einem Mal
so gut, dass sie auf ihn zuging und ihn auf den Mund

küsste. Helm zog sie an sich heran und hielt sie einen Moment zu lange fest.

Die zweite Flasche holte Karin aus ihrem Fundus. Sie war überrascht, als Helm sie um Nachschub bat. »Musst du denn nicht?« Er schüttelte den Kopf, seine Frau sei verreist.

Karin fühlte sich so gut wie seit langem nicht mehr. Die Vertrautheit zwischen Helm und ihr war so selbstverständlich da, als hätte es nie eine Unterbrechung der Besuche gegeben. Auch über die Bedingungen waren sie sich völlig einig: Seine Frau würde nichts erfahren. Also keine Briefe, keine Telefonate und keine Forderungen. Sie wollten sich in Vorsicht üben, und wenn es nach seiner Zeit als Strohwitwer zu weiteren Treffen kommen sollte, müssten sie auf neutralem Boden stattfinden. Es würde sich schon etwas ergeben. Mehr gab es nicht auszuhandeln.

Er ging vor dem Morgengrauen, kam aber an den folgenden Abenden wieder. Irgendwann hatte er ihr angeboten, sie und den Jungen zum Museum zu chauffieren. An seinem letzten *freien* Abend, wie er glaubte. Aber seine Frau verkürzte ihren Aufenthalt um einen Tag, und Helm musste, nachdem er Donald und Karin vom Museum abgeholt hatte, gleich zum Bahnhof weiter.

»Das ist kein Problem«, verabschiedete ihn Karin. Im Gegenteil, ihr war das nur recht. Helm konnte es sich einfach nicht abgewöhnen, sie zu vereinnahmen. Als er noch unverheiratet war, fühlte sie sich ständig von ihm unter Druck gesetzt. Immer sollte sie parat stehen, tausend Dinge mit ihm unternehmen und am besten gleich bei ihm einziehen. Obwohl Helm niemals offen von einer gemeinsamen Zukunft gesprochen hatte. Sie bestand auf getrennten Wohnungen, aber seine ständigen Andeutungen trieben sie in die Enge.

»Stell dir vor, wir könnten ordentlich Miete sparen«, hatte er gesagt. Oder: »So ein Single-Haushalt kommt ziemlich teuer. Denk an die Lebensmittelpreise. Da verdirbt so viel im Kühlschrank, weil alles nur in großen Portionen abgepackt ist.« Weitere Argumente aufzuzählen, hatte er mit einem Seitenblick auf sie unterlassen. Es war aber nicht eine fadenscheinige monetäre Vernunft, die Karin abgeschreckt hatte. Seine Argumente, das wusste sie genau, waren nur deshalb rational, weil er auf emotionaler Basis bei ihr nicht punkten konnte. In Wahrheit suchte er eine Frau, mit der gemeinsam er am Morgen aufwachen, frühstücken und den Tag planen konnte. Karins offene Abneigung gegen derartige Nähe, ja Enge, hatte ihm irgendwann den Mut genommen, das Leben zu zweit in ihrer Gegenwart weiterhin romantisch zu verklären. Das hatte sie gut verstanden. So sehr sie Helm mochte, es wäre nicht gut gegangen, ihn ständig um sich zu haben. Er kämpfte zu sehr um seine Anschauungen, neigte denen gegenüber zu teilweise heftigem Widerspruch, die diese Ansichten nicht teilten. Wahrscheinlich blieb ihm bei seinen Schülern auch nichts anderes übrig. So fand sie es nur konsequent, dass er ihr eindringlich riet, den Überfall zur Anzeige zu bringen. »Wenn Jugendliche nicht zeitig genug aufgehalten werden, laufen sie Gefahr, richtig auf die schiefe Bahn zu geraten«, konterte er Karins Argument, dass sie ein Mädchen, ein halbes Kind noch, nicht kriminalisieren wolle.

»Sie ist schon kriminell«, behauptete er.

»Ihr fehlen nur die Manieren«, antwortete sie.

»Sie ist emotional völlig verwahrlost«, sagte Helm.

»Sind wir das nicht alle?«, fragte Karin.

Über die wesentlichen Dinge hatten sie sich nie verständigen können. Wobei das nicht nur an ihm lag. Vielleicht schreckte sie auch einfach davor zurück, etwas Endgültiges zu beginnen und ihre Umzugskartons auspacken zu müssen.

Trotz des Regens öffnete sie alle Fenster.

*

Schon am Morgen dieses Mittwochs war es heiß, das Thermometer am »Goldenen Schwanen« zeigte fast 30 Grad. Donald wartete vor dem Supermarkt auf den städtischen Bücherbus, der einmal im Monat in den Vorort kam. Frau Beerwald hatte es ihm ans Herz gelegt. »Lies mehr, das ist das Beste, was du tun kannst.«

Donald aber interessierte sich nun mal nicht für Bücher. An diesem Morgen jedoch war es anders. Er fragte gezielt bei der Bibliothekarin nach und sie drückte ihm einen Bildband über die Kelten in die Hand. Mit Darstellungen vieler Ausgrabungsstätten, wie er beim schnellen Durchblättern sehen konnte. Auch das hiesige Museum war darunter und es schien besonders viel Anschauungsmaterial dabei zu sein. Ob all der langen Sätze fröstelte ihn trotz der großen Hitze. Vater las, jedenfalls war das in Okrekums so gewesen, im Bernstein, während sich seine Omīte über verwitterte Kladden beugte, wenn im Winter die Arbeit getan war. Donald hatte keine Schwierigkeiten gehabt, lesen zu lernen, und zum Glück bestand die deutsche Schrift fast aus den gleichen Zeichen wie die lettische. Nur haperte es hier am flüssigen Lesen. »Um den Bücherhimmel zu erreichen, musst du Lesestoff tanken«, war Frau Beerwalds gut gemeinter Rat gewesen. Nur hatte er noch nicht einmal die Startbahn verlassen. Vielleicht war das jetzt die Gelegenheit, überlegte Donald, und außerdem wollte er seiner Lehrerin eine Freude machen, sich bei ihr bedanken. Insgeheim hoffte er, etwas über die Kelten zu entdecken, das sie nicht wusste. Irgendeine Sensation, über die sie erstaunt die Augenbrauen hochziehen würde. »Sie nimmt sich wirklich viel Zeit für dich«, hatte sogar sein Vater kürzlich anerkennend festgestellt, als wollte er seinen Sohn ermahnen, es sich mit der Lehrerin ja nicht zu verderben. Donald suchte nicht weiter, ein Buch sollte genügen. Er zeigte seinen Ausweis, bekam das Datum eingestempelt – es war der 16. August – und verließ, das Buch unter den Arm geklemmt, den Bus.

Bei Mehmet kaufte er sich zwei Döner, eine Flasche Cola, ein Wasser und ließ sich auch noch einen Pappbecher geben. Mit der vollgepackten Plastiktüte in der Hand machte er sich auf den Weg zum Gartenhaus.

Wie so oft lag die Hündin unter einem Baum und hechelte. »Hundstage«, sagte er und blieb bei dem Tier stehen. »Die sind bestimmt nach dir benannt.«

Frau Beerwald hatte ihm erklärt, woher dieser Begriff stammte: von einem Sternbild, das im August am Nachthimmel zu sehen war. Aber wenn er sich das arme keuchende Tier mit seinem dicken Fell anschaute, dann kam er auch von selbst darauf, was die Hundstage bedeuteten. Er kramte in seiner Tüte mit den Dönern, zog einige Fleischstücke aus dem gefüllten Fladenbrot und legte sie der Hündin vor die Füße. Der ganze Ablauf ähnelte einer feierlichen Handlung. Dem Rascheln der weißen Plastiktüte folgten das Knurren der Hündin und ihr Blick auf das Fleisch. Dann stand sie auf und verschlang die Stücke, ohne Donald aus den Augen zu lassen. Zum Abschluss schlug sie mit dem Schwanz ein paar Mal auf den Boden, als wolle sie sich bedanken. Nie bettelte sie um mehr oder folgte ihm, hatte sie einmal etwas bekommen.

Donald setzte sich neben sie, goss Wasser in den Becher und schob ihn vor die Hündin. Das Tier schnüffelte kurz daran, stieß das Gefäß um und leckte die versickernde Flüssigkeit vom staubigen Gras. Auch Donald trank. Er setzte die Colaflasche an den Mund und leerte sie fast in einem Zug. Er hatte ja noch vom Wasser, tröstete er sich mit einem Blick auf den kläglichen Rest.

»Hör zu«, begann er, und es sollte eine der längsten Ansprachen werden, die er je an die Hündin gerichtet hatte. »Ich habe ziemliche Probleme mit Boris. Du kannst ihn leicht an den bunten Haaren erkennen, die sind jetzt rotweiß ... vergiss es«, unterbrach er sich, »du kannst ja keine

Farben sehen. Also, er ist ziemlich groß und dick und nie allein unterwegs. Drei, vier oder mehr Typen sind immer bei ihm und alle sind so laut, dass du sie schon von weitem hörst. Oft ist auch ein Mädchen dabei, die wirst du vor den anderen bemerken, da bin ich mir sicher. Ihr Parfüm ist selbst dann noch zu riechen, wenn dein Bauer die Felder gedüngt hat. Gerade ist Boris nicht da, ich weiß auch nicht, wann er aus Kanada zurückkommt. Jedenfalls, wenn du ihn siehst, versuche ihn zu verjagen. Das hast du doch drauf, oder?« Donald sah sie fordernd an, aber die Hündin hatte ihren Kopf auf die Vorderpfoten gelegt und die Augen geschlossen. »Schlaf jetzt nicht! Mensch! Das ist auch für dich wichtig. Wenn die mir was tun, dann kannst du die Döner erst mal für eine Weile vergessen. Wenn nicht für immer!«

Sein eindringlicher Ton ließ das Tier aufhorchen. Es sah ihn an.

»Gut, ich sehe, das hast du verstanden. Also, immer wenn ich zur Hütte gehe, musst du ab jetzt Folgendes tun: Falls Boris oder einer seiner Clique kommt, stellst du dich ihnen in den Weg und bellst wie wild. Aber halte genügend Abstand. Denen traue ich nämlich zu, dass sie nach dir treten oder, schlimmer noch, dich mit Steinen bewerfen. Aber du musst da nicht soviel Angst haben. Die sind oft schon am Vormittag so betrunken, dass sie dich garantiert nicht treffen. Nur sei vorsichtig. Und wenn das mit dem Vertreiben nicht geht, wenn du sie nicht aufhalten kannst, dann musst du schneller sein als die. Gehe bis zum oberen Weinbergweg und von dort rennst du nach rechts ... weißt du überhaupt, was rechts oder links ist? Egal, du wirst mich schon finden. Bleib einfach vor der Hütte stehen und belle, so laut du kannst. Wenn du die Abkürzung über die Wiese nimmst, bist du in jedem Fall schneller als Boris. Selbst humpelnd. Ich verspreche dir, wenn du das machst, bringe ich dir ein Jahr lang ...«, er rechnete in Windeseile den Verdienst im Kühlhaus zu seinem Taschengeld hinzu, »... einen Monat lang täglich einen Döner. Ich esse dann nur die Zwiebeln und so.«

Die Hündin sah ihn fragend an. »Ist das alles bei dir angekommen? Ich muss mich auf dich verlassen können, hörst du, du bist doch mein bester Freund, oder sagen wir mal, fast gleichauf mit Frau Beerwald. Aber die soll davon nichts erfahren. Ich könnte dir das erklären, aber das wäre«, er sagte es mit einem Seitenblick auf das Tier, »dann doch zu kompliziert für dich. Gib mir fünf!« Er streckte ihr seine Hand entgegen, worauf die Hündin knurrte. »Na, gut, das zählt auch!«

Donald hob sein Buch und den Plastikbeutel auf, winkte ihr noch einmal zu und stellte beglückt fest, dass sie ihm bereits den Rücken zuwendete. In sitzender Position hatte sie den Blick auf den Vorort gerichtet. Vielleicht aber auch nur auf den Traktor, der im Tal die abgeernteten Sommerweizenhalme umpflügte. Das Letztere jedoch wollte Donald lieber nicht denken.

Die Weinberge lagen verlassen da. Zu dieser Jahreszeit gab es kaum mehr Arbeit für die Winzer. »Jetzt ist es an der Natur, für Süße und Saft der Trauben zu sorgen. Was an Würze hinzukommt, entzieht die Rebe dem Boden.« Er erinnerte sich an Frau Beerwalds Erklärung. Er hatte sie damals nicht verstanden und verstand sie heute nicht. Über die vereinzelten Gewehrschüsse hatten sie sich besser einigen können. Karin erzählte, dass in den letzten Tagen und Wochen vor der Weinlese Aufpasser mit Rätsche oder Gewehr versuchten, Vögel zu verscheuchen. »Wie bei den Kelten«, hatte er gerufen und Karins zufriedenen Blick aufgefangen.

Heute stand offenbar kein Aufpasser parat, denn Donald hörte absolut nichts. Vermutlich herrscht Waffenstillstand, dachte er. Zu heiß für beide Seiten. Auf dem Hang vor seiner Hütte sah er sich noch einmal um und horchte in die Stille. Ein Flugzeug flog, einen weißen Schleier hinter sich her ziehend, weit entfernt und war kaum wahrnehmbar. Über sich erkannte er zwei Milane, die vor der hellblauen Kulisse miteinander im Tanz lagen. Um ihn herum ein Zirpen und ab und an ein Zwitschern. Alles Geräusche, die ihn beruhigten.

III

W ie immer war der Kontrast vom Hellen ins Dunkle so stark, dass er zunächst nichts sehen konnte. Das rote Sofa bildete sich als erstes ab. Und fast gleichzeitig der Mann, der mittig darauf saß und die Beine breit auf den Boden gestellt hatte.

Der Keltenfürst!

Donald hob das Buch vor Schreck wie einen Schild vor seine Brust, wobei ihm der Beutel aus der Hand fiel. Ohne sich danach zu bücken, drehte er sich zur Tür. Aber der Mann war schneller. Er packte Donald am Arm und zog ihn zum Sofa. Dann ging er zur Tür zurück, schob den Beutel mit einem Schuh zur Seite, angelte nach einem Stuhl und setzte sich. Der Gang nach draußen war für Donald versperrt.

»Was suchst du hier, Junge?«

Donald war vor Schreck erstarrt und den Tränen nahe. Er wollte antworten, brachte aber kein Wort heraus.

Seinem Gegenüber jedoch kam schlagartig eine Idee, was er mit diesem Jungen, den ihm der Zufall in die Hütte gespült hatte, anfangen konnte: Er würde ihn für seine Zwecke einspannen.

Donald zitterte vor Angst und Aufregung. Es beruhigte ihn kaum, dass der Mann in sachlichem Ton gefragt und ihn mit »Junge« angesprochen hatte. Er überlegte, ob er das Buch nach dem Fremden werfen und dieses Überraschungsmoment zur Flucht nutzen sollte. Oder konnte er sich direkt auf ihn stürzen? Er entschied sich dazu, erst einmal sitzen zu bleiben und abzuwarten, was der Mann mit ihm vorhatte.

Er hatte ihn schon einmal gesehen. Jetzt musterte er sein Gesicht. Es war braungebrannt und schmal und zeigte an den Wangen tiefe Falten, die der Bart kaum verdecken konnte. Der Schädel war glattrasiert, aber Donald glaubte einige graue Stoppeln zu erkennen. Nur die Augen des Fremden blieben durch die Dunkelheit in der Hütte nahezu unsichtbar, auf ein Funkeln reduziert.

»Also, raus mit der Sprache: Was suchst du hier, Junge? Wie heißt du?«

»Donald.«

»Und weiter?«

»Wagner, Donald Wagner.«

»Du bist doch kein Deutscher?«

Es war mehr eine Feststellung als eine Frage.

»Schon.«

»Was schon? Deutscher oder nicht?«

Donald verstand nicht, was für eine Bedeutung das in dieser Situation haben sollte. Unwirsch presste er die Antwort heraus:

»Ich bin Deutscher, aber aus Lettland.«

Zu einer ausführlicheren Erklärung sah er keinen Grund. Der Mann schien damit zufrieden und fragte mit jetzt erhobener Stimme nach seinem Alter.

»Zwölf«, antwortete Donald, als wollte er sich damit nicht älter, sondern größer machen.

»Und warum brichst du in meine Hütte ein?«, fragte der Fremde jetzt mit schneidender Stimme.

Donald, dem es vorkam, als habe er die ganze Zeit über den Atem angehalten, fiel ein Stein vom Herzen. Das war es also. Er saß dem Besitzer des Weinberghäuschens gegenüber. Das war ihm zwar unangenehm, aber nichts gegen die Panik, die er zuvor gespürt hatte.

»Entschuldigung, ich bin doch nicht eingebrochen. Die Tür stand offen.«

»Trotzdem betrittst du widerrechtlich mein Eigentum.« Der Ton des Mannes war schärfer geworden.

Donald suchte verzweifelt nach einer Entschuldigung. Er sah unsicher zur Tür.

»Denk erst gar nicht daran! Du bist schon vorher bei mir eingestiegen, hast meine Sachen durchwühlt und meine Vorräte aufgefuttert. Ja, glaubst du, das merke ich nicht? Ich bin ein gutmütiger Mensch, aber über den Tisch zieht mich keiner. Das hast du doch kapiert, oder? Jetzt lass den Quatsch und vergiss die Tür, du kommst schon wieder raus. Wenn ich mit dir fertig bin!«

Wenn ich mit dir fertig bin? Donald schlug das Herz bis zum Hals. Er fokussierte die Konserven im Regal. Zu seiner Überraschung bot ihm der Fremde ein Glas Wasser an: »Mehr gibt's hier nicht.«

Donald wollte nichts trinken und schüttelte den Kopf. Dennoch stand der Mann auf, holte zwei Tassen, die er mit seinem Hemd auswischte, und schenkte aus einem Plastikkanister ein, der neben den Konserven im Regal gestanden hatte.

»Trink, da ist kein Gift drin!«

Donald stöhnte auf. Jetzt auch noch Gift. Aber er trank dennoch und die Anspannung löste sich ein wenig. Er schaffte es sogar, das Buch, das er noch immer vor seine Brust gepresst hatte, neben sich zu legen.

»Gut so«, kommentierte der Mann, der ihn, auch während er den Becher leerte, im Blickfeld behielt.

»Ich sollte diesen Einbruch der Polizei melden«, sagte er weiter, »mal sehen, was deine Eltern dazu sagen würden – oder ...«, er legte eine Pause ein, »oder ich überlege mir, wie du dein Vergehen wettmachen könntest!« Donald nickte schnell.

»Und wenn ich so daran denke, gibt es da eine Sache, die du als Wiedergutmachung für mich erledigen kannst. Also, was jetzt! Strafe oder Arbeit?«

Donald entgegnete, dass Arbeit gut sei, sehr gut sogar: »Bloß keine Polizei!«

»Jetzt hör mal auf herumzuzittern! Ich beiße nicht. Du bist doch ein cleveres Bürschchen, nicht wahr?«

Wieder nickte Donald. Clever war ebenfalls gut.

»Du kriegst eine wichtige Aufgabe von mir, die, sagen wir mal, lösbar ist. Wenn du das hinbekommst, vergesse ich den Einbruch und obendrein springt etwas für dich dabei raus. Was ist, hast du das verstanden?«

»Schon. Und was soll ich tun?«

»Eins nach dem anderen, jetzt hörst du mir erst einmal genau zu.«

Vertrauen gegen Vertrauen. Der Mann stand auf, zog den Stuhl von der Tür weg und setzte sich Donald gegenüber, der sich unwillkürlich in das Polster drückte. Noch immer verstand er nicht, was das alles sollte.

Dann, als er alles erklärt hatte, stand der Mann auf und ging an die Tür: »Als Verräter ginge es dir sehr, sehr schlecht und zwar an jedem einzelnen Tag, der noch kommt, capisce? Verstanden?«

Donald gelang es, ein heiseres »Ja, verstanden« zu flüstern. Er hatte begriffen, dass er ein Haus beobachten sollte und dass selbst, wenn ihm jetzt die Flucht gelang, das nichts nützen würde. Aber noch immer verstand er nicht alles, und das brachte ihn zum Schwitzen. Ihm war die Warnung seines Vaters durch den Kopf geschossen, er solle sich vor Männern in Acht nehmen, die sich an Kinder heranmachten. Drastischer hatte es Mehmet ausgedrückt. Der Mann sah zwar nicht aus, wie er sich einen Kinderschänder vorstellte, und er wollte auch etwas anderes von ihm, aber wie konnte er sicher sein? Donald wurde mit einem Mal ganz panisch und wieder schossen ihm Tränen in die Augen.

»Hör mal, wenn du jetzt schon heulst, bist du nicht mein Mann! Ich hätte dich für abgeklärter gehalten!«

Aber diese Drohung war bereits ein Bluff. Der Mann schenkte Donald Wasser nach. Eigentlich war ihm genauso zum Heulen wie dem Rotzbengel da, ihm gegenüber. Er konnte seinen Plan vergessen. Der Junge würde ihm vermutlich nichts nützen. Kaum wäre er aus der Hütte geschlüpft, sah er ihn nie wieder. Drohen, drohen, drohen, aber womit? Das war doch alles sinnlos.

Er deutete auf das Buch. »Du interessierst dich für die Kelten?«

Noch ehe Donald antworten konnte, fuhr er fort: »Dann weißt du doch sicher auch, dass es den Zaubertrank nicht wirklich gibt, oder?«

Während er sprach, sah er über Donald hinweg zum Fenster. Dabei kniff er die Augen zusammen, als visierte er einen fernen Punkt an. Schließlich fuhr er mit den Händen ein paar Mal über seinen Schädel, als würde er das, was er eben gesagt hatte, bereuen. Dann wandte er sich wieder Donald zu.

»Nun, ich dachte, du könntest mir bei dieser wichtigen Angelegenheit helfen. Verstehst du, ich habe Geld genug. Aber ich muss in dieser Hütte leben, weil sie mich aus meinem Haus gejagt haben. Wie einen Hund!«

»Wer macht denn so was?«, fragte Donald, mutiger geworden.

»Der Staat, aber das verstehst du noch nicht.«

»Doch«, sagte Donald, »ich kenne Leute, die haben so was auch schon erlebt.« Ob er dem Mann von der Partei erzählen sollte?

»Na, dann weißt du ja, wie das ist«, sagte er, ohne sich nachhaltiger für Donalds Aussage zu interessieren. »Ich müsste nur noch einmal in mein Haus. Dann wären meine Probleme gelöst.«

»Warum gehen Sie dann nicht einfach hin und klingeln?«

»Weil sich dann alles in Luft auflöst.«

Donald verstand wieder kein Wort. Es musste sich um ein großes Geheimnis handeln.

»Und *ich* kann Ihnen helfen?«, fragte Donald und beobachtete, wie der Mann sich aufrichtete.

»Befolgst du meine Anweisungen, wirst du es nicht bereuen. Das ist ein Versprechen! Du willst doch auch irgendwann nach Estland zurück, oder?«

»Lettland!« Der Junge sagte es ziemlich laut und erschrak selbst darüber.

»O.K., dann eben Lettland. Falls du deinen Auftrag gut erledigst, gibt's Startkapital. Und etwas obendrauf, das dir den Atem verschlagen wird. Doch das bleibt vorerst mein Geheimnis.«

Es handelte sich also um einen ganz einfachen Plan. Donald solle nur das ehemalige Haus des Mannes beobachten und Bericht erstatten, was dort vor sich ging, erzählen, wann wer das Haus verließ, wann wer das Haus betrat.

»Wenn die, die jetzt in meinem Haus wohnen, dann einmal tatsächlich wegfahren … ich meine nicht zum Einkaufen, sondern in Urlaub, also wenn sie das Auto mit Gepäck vollladen … kommst du sofort hierher. Ansonsten berichtest du mir immer am nächsten Tag, was du beobachtet hast.«

»Wo steht Ihr Haus?«

»Im Industriegebiet. Am Hohlgraben. Die genaue Lage erkläre ich dir noch.

Aber so viel fürs Erste: Es handelt sich um ein weißes

Haus mit einem großen Garten. Und da gibt es noch eine Kleinigkeit: Du darfst dich nicht erwischen lassen!«

Donald wuchs auf seinem roten Sofa. Jetzt hatte er verstanden. Der Mann wollte ihm nichts tun, im Gegenteil, er brauchte seine Hilfe. Und er sprach mit ihm, als wäre er ein Erwachsener, als stünden sie auf gleicher Augenhöhe. Die Angst wich einem Stolz, wie er ihn bislang noch nie gespürt hatte. So sah es also aus, auf der anderen Seite. Er wurde ernst genommen und er wurde gebraucht. Nicht um einzukaufen oder die Wohnung zu putzen. Nicht um Diktate zu schreiben und sich danach über Fehler zu ärgern. Nein, hier ging es um eine Sache zwischen Männern. Und er würde dafür mit etwas belohnt werden, was ihm den Atem raubte. Er drückte das Keltenbuch auf sein Gesicht. Was für ein Glück, dass er nicht versucht hatte abzuhauen!

*

Dem Mann war Donalds Gefühlskarussell nicht entgangen. Den schlagartigen Gesinnungswandel des Jungen konnte er sich aber nicht erklären. Für einen Zwölfjährigen hatte der sich am Ende verdammt abgeklärt verhalten. Eine Zeit lang hatte er schon befürchtet, es würde ihm nicht gelingen, den Kleinen für seine Zwecke einzuspannen. Und ein Risiko war es allemal, wenn er einen Mitwisser hatte. Aber ihm fehlten die Alternativen. Auf der Straße vor seinem Haus konnte er sich nicht mehr blicken lassen. Jetzt gab es keinen Weg zurück. Die Schulden stapelten sich überall, dazu eine Exfrau, die alles darangesetzt hatte, ihn zu ruinieren, und ehemalige Schwiegereltern, die ihn in die Hölle wünschten. Er, der Hans im Glück, der sein Vermögen – so die Unterstellungen der Familie – nur durch die geschickte Heirat gemacht hatte, war ganz unten angekommen. Vielleicht hätte er seine außerehelichen Eskapaden besser verheimlichen sollen. Von allen Seiten hagelte es Vorwürfe. Er war damit zugeschüttet worden wie mit Krediten. Sicherheiten? Kein Problem. Er hatte doch Schwiegervater, Haus und Firma. »Du musst sie gegeneinander aufstacheln, dann bist du immer flüssig. Banken gibt es mehr als genug!« Das war die erste Lektion, die Mister »Ich mache dich persönlich dafür verantwortlich« ihn gelehrt hatte. Und wie sie ihn umgurrten. »Lieber Herr hier, mein lieber Herr da. Bitte nur eine Unterschrift.« Ach ja, die Ratschläge des Herrn Schwiegerpapa. »Güüütertrennung« hatte der vor der Hochzeit von ihm verlangt. Er unterschrieb auch diesen Kontrakt. Natürlich durfte das Kühlhaustöchterchen nicht im Büro arbeiten, dafür gab es doch Personal. Auch für das Haus, den Garten, die Autos. Und als seine eigene Tochter zur Welt gekommen war, brauchte es auch noch ein Kindermädchen. Die Tochter des Kühlhausbesitzers war zwar keine Rockefeller, aber dazu fehlte nicht viel.

Unsagbar demütigend waren die Auseinandersetzungen, die folgten. Bereits zwei Jahre nach der Heirat begann es zu kriseln, dreizehn weitere mussten vergehen, bevor sie sich scheiden ließen. Natürlich hatte der Schwiegervater einen Staranwalt besorgt, der Unterhalt für Mutter und Kind in horrender Höhe herausschlug.

Nach der Trennung gab es selbstredend keine Aufträge vom Kühlhaus mehr. Er hatte um jeden einzelnen Kunden kämpfen müssen. Jetzt wollte er zumindest das mitnehmen, was er in der einträglichen Zeit zur Seite hatte schaffen können. Es lagerte seit langem auf einem Konto im Ausland und hatte Zinseszins gebracht. Der lettische Junge würde ihm endlich den Weg zu seinem falschen Pass ermöglichen, sprach er sich selber Mut zu. Von einem Augenblick zum anderen hatte sich so etwas wie Gelassenheit in ihm breitgemacht. Seit er die Situation, in der er sich befand, als Fallbeispiel aus dem Lehrbuch betrachtete. Selbst die Flucht, die er bald antreten würde, reihte sich darin ein. Die eigene Weltsicht zu behalten, setzt als Bedingung Unbelehrbarkeit voraus! Das war zu seiner tiefen Überzeugung geworden. Wie viele schlaflose Nächte und endlose Wanderungen waren vonnöten gewesen, auf diese Idee zu kommen. So war es und nicht anders. Die erzwungene Einsamkeit hatte aus ihm weder einen Naturliebhaber noch einen Philosophen und schon gar keinen religiösen Menschen gemacht. Sein Rüstzeug blieb die Mechanik, seine Intelligenz und seine Fähigkeit zu handeln. Auch weitere ruhelose Wanderjahre würden aus ihm keinen anderen machen. Diese Erkenntnis, so gering er sie anfangs einschätzte, hatte immer mehr Platz in seinem Denken eingenommen. Er blieb der, der er war, und es würde niemandem gelingen, einen anderen aus ihm zu machen. Es gab auch keinen Grund dazu. Sie hatten an seinem Lebensteppich geknüpft, er aber hatte die losen Fäden schnell wieder abgeschnitten.

*

Am Donnerstag war Donald mit Karin verabredet, sagte ihr jedoch ab, weil ihn seine neue Aufgabe ganz in Anspruch nahm. Sie hatte die vage Ausrede, er müsse mit seinem Vater einkaufen gehen, nicht befriedigt, das spürte er. Dabei hatte er sich gestern noch darauf gefreut, ihr den Keltenband zeigen zu können und mit einem Wissen aufzuwarten, das sie überraschte. Außerdem waren die gelben Rosen des Nachbarn voll erblüht und dufteten so gut nach Vanille und Orangen. Er wollte ihr eigentlich einen ganzen Strauß pflücken, die Dornen entfernen und die Stiele schräg anschneiden, so wie es seine Großmutter immer getan hatte. Aber wenn er ganz ehrlich zu sich war, beschäftigte ihn nur noch die Begegnung mit dem Mann am Tag zuvor. Er sollte ihn bei Einbruch der Dämmerung wieder im Gartenhaus treffen. Unvorstellbar, dass er bei ihrem ersten Aufeinandertreffen vor Angst gezittert hatte. »Vom Saulus zum Paulus«, fiel ihm ein. Es war nicht das Zitat, nach dem er gesucht hatte, aber er war inzwischen der Meinung, dass seine Großmutter auch nicht immer das richtige Sprichwort parat gehabt hatte.

Damit die Zeit schneller verging, wollte Donald einen

Brief an Karins Vater schreiben. Wieder musste das Rechenheft Seiten lassen. Was sollte er ihm berichten. Donald fand einfach keine Worte. Unruhig machte er sich schließlich, ohne ein Wort zu Papier gebracht zu haben, auf den Weg in die Stadt, zum Friedhof. Er erinnerte sich an kleine Ahornbüsche auf einigen Gräbern und hoffte, jemanden anzutreffen, der ihm das Pflücken eines Blattes erlauben würde. Er wollte nicht einfach eines abreißen. Wenn er sich aus dem großen Rosenbusch des Nachbarn bediente, hatte er kein schlechtes Gewissen. Warum er einen Unterschied machte, konnte er sich aber erklären. Sicher war das, weil die Toten sich nicht wehren konnten.

Er fand einen Strauch und hatte Glück, dass eine Frau unweit von ihm an einem anderen Grab stand. Sie sah ihn erstaunt an, als er sie bat, ihm ein oder zwei Blätter zu überlassen. Nun, das sei nicht ihr Grab. Aber sie glaube kaum, dass irgendwer etwas dagegen habe. »Denk doch, der Wind …«, fügte sie hinzu. »Brauchst du das für den Kunstunterricht?«, fragte die Dame ihn und Donald antwortete: »Nicht direkt.« Außerdem seien noch Ferien. Dann suchte er sich aus der feuerroten Fülle zwei große Blätter heraus. Eigentlich wollte er so schnell es ging wieder zurück, damit sich die Blätter nicht einrollten, schlug dann aber doch den Weg zu seiner Nachhilfelehrerin ein. Nur ganz kurz wollte er zu ihr, von seinem Brief erzählen, damit sie ihm wegen seiner Absage nicht böse war.

Vor dem Haus stand Helms Wagen. Donald lief enttäuscht weiter. Das hatte sie nun davon. Er wird ihr nichts von dem Brief erzählen und ihr Vater auch nicht, weil der ja nicht mit ihr sprach. Wieder in der Wohnung, klebte er die beiden Ahornblätter sorgfältig auf das karierte Papier und schrieb seinen Namen darunter. Er fand den Brief wunderschön. Diese Methode konnte er doch auch auf seine Großmutter übertragen.

Sein Vater hatte heute mal wieder Nachtschicht. Donald mochte diese Arbeitszeit eigentlich überhaupt nicht, denn Juris bekam dann regelmäßig Zweifel, wie er seinen Zustand nannte. Der Traum, als gemachter Mann in Lettland einen Goldschmiedebetrieb zu eröffnen, verflog jedes Mal mit dem Beginn der Nachtarbeit. Donald spürte das. Und hatte der Vater erst einmal seine Zweifel bekommen, die meist nach dem Aufstehen um die Mittagszeit herum begannen, bewegte er sich kaum noch vom Tisch weg, aß nicht und trank dafür Kaffee und Tee in großen Mengen. Hin und wieder stieß er einen Seufzer aus und wollte allein gelassen werden. Donald verschwand dann leise in sein Zimmer oder nach draußen auf die Straße. Am liebsten hätte er ihm, als er ihn so dasitzen sah, von dem Mann in der Hütte erzählt. Aber das durfte er unter keinen Umständen tun, er zerstörte nicht nur dessen Vertrauen, sondern, was viel wichtiger war, auch das Geheimnis. Er überlegte schon den ganzen Tag, was das denn nur sein könnte.

Der Nachmittag verstrich quälend langsam. Donald hatte viel zu denken, aber wenn er auf die Uhr starrte, waren wieder nur ein paar Minuten vergangen. Im Gegensatz zu seinem Vater waren es keine Zweifel, die ihn umtrieben. Selbst der Gedanke an Boris' baldige Ankunft – er hatte gehört, die Familie käme in den nächsten Tagen aus Kanada zurück – mochte das bevorstehende Treffen nicht überschatten. Wie hoch seine Belohnung, das Startkapital wohl werden würde? Er träumte von einem Computer und einer Spielkonsole, so großartig, wie sie sonst keiner in der Klasse hatte. Oder doch besser ein Fahrrad? Nur, so verlockend diese Dinge auch waren, der Wunsch, wieder nach Lettland zu kommen, war konkurrenzlos. Donald wusste, ohne Geld war das nicht möglich. Sein Vater machte überhaupt keine Anstalten zurückzukehren, er sagte immer nur, das Geld reiche noch lange nicht. Donald ahnte, Juris war längst kein Goldschmied mehr. Daher sein Zweifeln. Also zog es auch ihn nicht mehr nach Lettland. Sein Zuhause, als das sah es Donald. Auch wenn es dort inzwischen einen Kreisverkehr geben sollte und die alten Häuser am Strand abgerissen worden waren, den Steg ins Wasser konnten sie nicht entfernen, er gehörte zu Großmutters Grundstück. Und auch nicht die Findlinge, die noch aus der Zeit stammten, als sein Vater ein Kind war. »Die Sonne, mein Mädchen«, hatte sein Bremer Urgroßvater einst gesagt, als er mit seiner kleinen Tochter, die jetzt Donalds Großmutter war, auf dem Schiff in Richtung Lettland fuhr, »die Sonne geht im Osten auf und im Westen unter.« – »Dass es später östlicher wurde, als ihm lieb war, ahnte er zu diesem Zeitpunkt nicht«, pflegte die Großmutter das Zitat zu beenden und sich zu bekreuzigen. Donald würde die Sonne so gerne wieder einmal dort aufgehen sehen. Und nach Bernstein Ausschau halten. Sein Vater konnte doch am Strand warten, wenn er nicht mehr ins kalte Wasser wollte. In Deutschland sei alles so sauber, hatte er ihm gesagt, daran erinnerte er sich noch. Und daran, wie er bei seiner Reise schon vom Zug aus diese Behauptung überprüft hatte. Sauber ja, sogar sehr sauber, dachte er auch an diesem Nachmittag wieder. Aber in Lettland waren seine Großmutter und das Meer. Jetzt war auch er zum Zweifler geworden, das musste am einsetzenden Regen liegen. Großmutter hätte gesagt, »besser den Spatz in der Hand als die Taube auf dem Dach!« Und ein Fahrrad oder ein PC, dachte er, das wären doch ziemlich große Spatzen, oder etwa nicht?

Er öffnete das Fenster, auf der Straße war niemand. Sein Vater rumorte in der Küche, vermutlich, um den Kaffee für die Nachtschicht zu kochen. Er nahm immer eine Kanne für sich und Eugen mit. Dessen Dienst an der Kehrmaschine endete zwar am frühen Abend, aber Eugen wohnte auf dem Betriebsgelände und setzte sich während der Pausenzeiten und auch nach Feierabend mit Juris zusammen. Ins Wirtshaus gingen sie nur gemeinsam, was von den einheimischen Kneipengängern mit »Oha, jetzt kommt der Kosakenchor« kommentiert wurde. Donald hatte sich darüber geärgert, aber Juris erklärte ihm, dass es wohlwollend gemeint war. Die Verbindungen der beiden zum osteuropäischen Transportwesen und den damit günstig zu erstehenden Zigaretten und Flaschen mit Hochprozentigem habe sie bei den Gästen sehr beliebt gemacht.

Donald konnte es kaum erwarten, seinen Vater endlich aus dem Haus gehen zu sehen. Kurz vor sechs Uhr zog er endlich die Tür hinter sich zu. Zwar dämmerte es noch nicht, doch der Regen ließ den Himmel dunkler aussehen, als er es zu dieser Zeit sonst war. Donald beschloss, dass es jetzt dämmerte, zog den Anorak an und stülpte die Kapuze über.

Er ging am Dönerstand vorbei, von wo ihm Mehmet zurief »Hey Alter, komm her, kriegste einen für nix!« Donald ließ sich das nicht zweimal sagen. Schließlich musste er an die Hündin denken. Außerdem mied Boris den Stand wie die Pest. Weshalb das so war, wusste nicht einmal Mehmet, »Mein Imbiss und die Kirche sind borisfreie Zonen«, mehr hatte er nicht darüber gesagt.

Die Hündin war nicht zu sehen. Vermutlich lag sie im Stall oder in ihrer Hütte bei diesem Wetter. Donald überlegte, ob er einfach etwas Fleisch auf den Boden legen sollte. Er zuckte mit den Schultern. Nicht seine Schuld, wenn sie nicht kam. So aß er mit großem Appetit selbst. Er war zu seiner eigenen Verwunderung kaum aufgeregt. Was der Mann ihm für die nächsten Tage aufgetragen hatte, war ein Kinderspiel und heute Abend würden sie ausführlicher darüber reden.

Das Gartenhaus schien leer zu sein. Donald hatte vorsichtig geklopft und war nicht, wie sonst immer, einfach hineingegangen. Doch es hatte keiner geantwortet. Er stand eine Weile unschlüssig vor der Tür, da seine Jeans aber schon ganz durchnässt waren, ging er ins Innere und erschrak wie beim ersten Zusammentreffen kurz, als er den Mann auf dem roten Sofa sitzen sah.

»Du kommst zu früh, verdammt. Dein Glück, dass heute sowieso keiner unterwegs ist. Ich verlange von dir, meine Anweisungen, auch was die Zeit betrifft, exakt einzuhalten.«

Sie hatten sich verabredet, um die Einzelheiten seiner Aufgabe zu klären. Als Donald halb durchnässt in der Tür der Hütte stand, kam es dem Mann so vor, als sei der kleine Bursche seit dem Vortag ein gutes Stück gewachsen. Jetzt zog er eine selbstgezeichnete Karte hervor und zeigte dem Jungen sein ehemaliges Anwesen, beschrieb die Einzelheiten und erzählte von den Gewohnheiten der Nachbarn. Morgen also solle sich Donald unauffällig dem Grundstück nähern und ihm abends Bericht erstatten.

»Mehr nicht? Und dann?«

Das würde er rechtzeitig erfahren.

Der Mann war aufgestanden, hatte Donald am Arm genommen und ihm die Skizze in die Hand gedrückt. Er habe alles eingezeichnet, das Haus sei leicht zu finden. Er erwarte ihn also morgen Abend pünktlich um sieben Uhr. Von seinem Bericht würde vieles abhängen.

*

Wie sehr ihr die Gegenwart des Jungen fehlte, überraschte sie selbst. Er hatte wiederholt den Unterricht abgesagt und war seit dem Museumsbesuch gar nicht bei ihr aufgetaucht. Obwohl sie wirklich viel Zeit für die Vorbereitung der Stunden opferte. Hatte sie etwas falsch gemacht? Helm hatte ihr am Nachmittag Unterrichtsmaterial und Prüfungsfragen mit Aufgabestellung und Lösung vorbeigebracht. Sie dankte es ihm kaum, war übelgelaunt und missmutig. »Typische Lehrerkrankheit«, hatte Helm kommentiert und sich redlich Mühe gegeben, sie wieder aufzumuntern. Sie missachteten einmal mehr ihre Abmachung und landeten irgendwann miteinander im Bett. Wie er das mit sich ausmachte, wollte Karin gar nicht wissen.

Donald dagegen beschäftigte sie. Sein Heimweh schien ihr ungebrochen. Vermutlich hinderte das ihn daran, sich Freunde zu suchen. Die Kleinen gingen noch ohne Vorurteile miteinander um. Die kamen erst, wenn sie älter wurden, nach der Grundschule. Und nahmen dann explosionsartig zu. Der Prozess setzte ein wie die ersten Pickel und von da an schien er unaufhaltbar zu sein. Helm und seine Kollegen, die die Älteren unterrichteten, stöhnten unentwegt darüber. Kein Tag verging, ohne dass es zwischen den verschiedenen Gruppen zu teils schweren körperlichen Auseinandersetzungen kam. Vom Mobbing und anderen perfiden Spielarten im Internet ganz zu schweigen. Schon dass es in den Klassen gewählte Streitschlichter und an den Schulen darüber hinaus professionelle Konfliktberater gab, war bezeichnend genug. Zu erleben, in welche Richtung sich manche der Kleinen später entwickelten, ertrug sie einfach nicht. Fragten die in dem einen Jahr noch in wunderbar kindlicher Poesie den Regen, wie es ihm heute ginge, waren sie im Jahr darauf in der Lage, Katzen in Pfützen zu ersäufen.

Karin drohte wieder in eine Depression zu verfallen.

Helm trug dazu bei. Helm. Es war ein Fehler gewesen, ihn wieder hereinzulassen. Sie wollte sich endgültig von ihm trennen, musste endlich irgendwo ankommen. Etwas tun! Donald beim Durchkommen helfen! Sie würde in den verbleibenden Ferientagen die Umzugskisten auspacken und ein weiteres Zimmer freiräumen, ein Studierzimmer für den Unterricht mit Donald.

Was aber, wenn er, wie in den letzten Tagen, plötzlich ihre Hilfe nicht mehr in Anspruch nähme? Wem würde das mehr schaden? Ihm oder ihr?

Karin Beerwald hob den Telefonhörer ab, drückte auf die Wahlwiederholung. Obwohl es kurz nach acht Uhr und damit schon fast zu spät dafür war, rief sie bei den Wagners an. Doch weder Donald noch sein Vater gingen an den Apparat.

*

Juris Wagner kam später als gewöhnlich von der Nachtschicht. Mit einem Blick in Donalds Zimmer vergewisserte er sich, dass sein Junge noch schlief.

Zwar müde und erschöpft, war er auf Eugens Bitte hin noch mit zu dessen Wohnung gegangen. Er wusste, was ihn erwartete. Aber Eugen war sein einziger Freund, was sollte er machen. Die vier Zimmer, eines so schön wie das andere, lagen in einem der Nebengebäude, die auf dem Anwesen des Chefs standen. Den kleinen Teich, der zu dieser frühen Stunde wie ein dunkler Lapislazuli glitzerte, hatte Juris bei früheren Besuchen kaum wahrgenommen.

»Wie ist es nur möglich, dass dieser Poltergeist von Kühlhausbesitzer dich in einem solchen Kleinod wohnen lässt? Und das mietfrei!« Juris fragte es jedes Mal kopfschüttelnd und Eugen lachte daraufhin immer. »So schwer ist das gar nicht zu begreifen. Ich sage nur: Vertrauensstellung bei besten Arbeitsbedingungen! So stand es in der Annonce.« Eugen stellte zwei gepolsterte Gartenstühle an den Teich, holte Gläser und eine Flasche Vana Tallinn aus einer Kredenz mit gedrechselten Füßen.

Dann erzählte er Juris in dieser milden Sommernacht zum wiederholten Mal, dass ihm beim Einstellungsgespräch der Chef persönlich gegenübergesessen sei. Neben ihm der alte Hausmeister, der kurz vor der Rente stand. Nach ein paar Fragen, an die er sich nicht mehr so genau erinnerte, hatte er die Stelle und die Wohnung. Was dann kam, sei ihm dafür umso mehr im Gedächtnis geblieben. Sein Vorgänger habe ihn in die Kantine geführt. Während er Kaffee trank, bekam er Instruktionen:

»Der Chef hat dich zum Hausverwalter gemacht, weil er dir vertraut. Du musst mit allem, egal ob es der Besen oder das elektrische Hoftor ist, umgehen, als gehöre es dir. Auch mit den Gebäuden. Alles muss blitzblank sein, weil der Chef der Meinung ist, wenn Kunden das Grundstück betreten, soll von Anfang an deutlich werden: Hier wird auf Hygiene geachtet. In der Lebensmittelbranche gibt es nichts Wichtigeres. Das eben ist sein Vorsprung. Nicht der Preis seiner Waren. Sagt er jedenfalls. Und bisher hat er recht behalten. Die Firma steht gut da. Wenn der Alte mitbekommen sollte, dass es mit dir nicht so läuft, wie er sich das vorstellt, dann fliegst du schneller raus als eine Sojus von Baikonur ins All.«

»Und ich sage dir auch heute: Das sind keine guten Arbeitsbedingungen. Schikane ist das, nichts anderes. Wohnung hin oder her!« Juris führte sein Glas zum Mund. »Der Chef verdient sich einen goldenen Becher, und du denkst auch noch, dass es nichts Besseres gibt! Ich bleibe keine Stunde länger in der zugigen Halle, als es unbedingt sein muss!«

»Träumer«, gab Eugen zur Antwort, »was willst du denn machen? Deinen Bernsteinladen in Riga? Inzwischen könntest du dort nicht einmal die Miete für ein Hinterzimmer bezahlen! Mein Lebensplan ist ganz simpel. Ich habe nichts gelernt, nichts geerbt, nichts zu erwarten. Das weißt du, stimmt's?«

Juris schwieg.

»Aber wie es aussieht, steht mein Topf trotzdem auf dem Tisch, wie Petruskin zu sagen pflegte ...«

»Wer ist Petruskin?«

»... von mir aus auch Tolstoi oder Dostojewski. Jedenfalls geht der Großteil meines Lohns an meine Nichte. Und die ist inzwischen fast mit dem Medizinstudium fertig. Mit ihr habe ich einen Vertrag, und da steht drin, dass sie sich um mich kümmert, wenn ich einmal krank bin oder alt oder beides.«

»Ha! Vertrag! Was für eine tolle Garantie!«

»So, dann erkläre ich dir, warum du dir die Finger im

Kühlhaus abfrierst. Aus dem gleichen Grund, aus dem ich das Maul halte, wenn der Chef mich auf meiner Kehrmaschine anpfeift: Du tust alles für die Zukunft deines Jungen und damit deine eigene. So sieht es aus mit uns zwei Umwegsdeutschen!«

Eugen war aufgestanden. Juris tat es ihm nach. Dann umarmten sie sich. Ein freundlicher, korpulenter Deutschrusse aus der Oblast Kaliningrad und sein lettischer Freund mit den feinen Händen.

*

So eine Hitze. Donald war mit einer Literflasche Wasser im Rucksack aus dem Haus gegangen. Am Ziel angekommen, stellte er zu seiner Erleichterung fest, dass sich genau gegenüber dem weißen Gebäude die Bushaltestelle *Am Hohlgraben* befand. Besser konnte es nicht sein. Da musste er nicht lange überlegen.

Diese Station hatte er zuvor nie richtig wahrgenommen. Mitten im Industriegebiet gelegen, schien sie für Leute eingerichtet, die dort zur Arbeit gingen. Die, die hier wohnten, fuhren nicht mit dem Bus. Wie auch bei der Haltestelle vor der Wirtschaft war eine Sitzgelegenheit vorhanden. Nur dass es sich nicht um eine Bank, sondern um einzelne Sitzflächen aus stabilem Drahtgeflecht handelte, die mit Streben verbunden waren. Schön und weitaus angemessener für ihn als eine Bank, dachte er. Wände und

Dach des Wartehäuschens waren aus dunklem Plexiglas und boten ihm einen gewissen Sonnenschutz. Außerdem würde seine Späherei niemandem auffallen. Perfekt. An einem ganz normalen Freitag im August konnte ein Junge doch auf einen Bus warten und vielleicht auf den nächsten. Oder auf jemanden, der ankommen würde. Donald testete alle drei Sitzgelegenheiten und entschied sich nach längerem Probesitzen für die in der Mitte.

Nach zehn Minuten war die Wasserflasche halb geleert. Er hatte sie jedes Mal, wenn ein Auto vorbeifuhr oder ihm ein Passant Blicke zuwarf, an seinen Mund gesetzt. Nach und nach aber legte sich seine nervöse Anspannung. Keiner wollte etwas von ihm, keiner sprach ihn an.

Im Haus gegenüber rührte sich nichts, und die Minuten vergingen noch langsamer als im Schulunterricht. In dem Wartehäuschen staute sich die Hitze und Donald musste mit dem Wasser haushalten. Es sollte an jeder Haltestelle einen Wasserhahn geben, dachte er. Er würde ihn ebenso weit öffnen, wie es der Neue aus Kasachstan getan hatte. Laut rufend war er durch das Schulhaus gerannt und hatte alle Hähne aufgedreht, die er finden konnte. Dabei rief er in größter Freude immer »Kudyk, Kudyk«, was nichts anderes als *Brunnen* bedeutet. Schüler und Lehrer versuchten vergeblich, ihn davon abzuhalten. Binnen kürzester Zeit sprudelte das Wasser aus allen Anschlüssen. In den Toiletten, Waschräumen und den angrenzenden Klassenzimmern. Er konnte gar nicht verstehen, dass man seine Freude über die Entdeckung der Brunnen nicht teilen wollte. Erst Werner Vogelbauer, den das Geschrei herangelockt hatte, gelang es, den Jungen zu beruhigen. Er ließ ihn für Minuten einen Wasserhahn auf- und zudrehen. Immer und immer wieder.

Donald war vor Scham fast im Erdboden versunken. »Typisch, die Russenfraktion!«, hörte er die Klassenkameraden unken. Mitleid mit dem kasachischen Jungen hatte niemand. Das war, wie sich bald herausstellte, auch nicht nötig. Der Erste, der ihm im Pausenhof »Aufundzu« nachgerufen hatte, bekam einen solchen Tritt von ihm, dass die anderen, die eben noch im Chor mit einstimmen wollten, schleunigst die Flucht ergriffen. Donald hatte nicht zu den Spöttern gehört. Er ahnte mehr, als dass er es wusste: Einen Kasachen zu verspotten kam einem Selbstmord gleich. Und sofort war auch ein neuer Spitzname für den Jungen gefunden, da war der Pausenhof kreativ. »Respekt« nannten sie ihn von da an, weil er dem Getretenen dieses Wort hinterhergerufen hatte. Und mit dem neuen Namen konnte der Junge aus Kasachstan gut leben.

Das Haus lag ruhig da, fast wie ein schlafendes Tier in der Mittagshitze. Hätte er nicht gewusst, dass da drüben Leute wohnten, er wäre überzeugt gewesen, dass es leer stand. Er fixierte es gründlich. Plötzlich sah er ein Fahrrad, das vorher nicht dort gestanden war. Ein Mädchenrad. Hatte jemand das Grundstück betreten, als er seinen Gedanken nachhing? »Schwerer Fehler!« Er sagte es laut und sah sich dabei um. Mit einem Mal hatte er das Gefühl, von dem Mann beobachtet zu werden. Nein, beruhigte er sich, der versteckte sich ja im Gartenhaus. Wovor, das war noch immer unklar. Erwachsene, die sich verkrochen, waren ihm bislang noch nicht untergekommen. Da musste ein Geheimnis dahinterstecken und er, Donald, war ein Teil davon. Wo es ein Geheimnis gab, war die Belohnung nicht weit. Er straffte den Rücken. Ein Bus hielt. Zwei Personen stiegen aus, ohne ihn zu beachten. Auch der Fahrer nicht. Donald hatte seine Wasserflasche wieder an den Mund gesetzt. Er mochte trinken oder essen, die Zeit verging immer langsamer. So auf sich, auf diese Bank, auf den Beobachtungsposten zurückgeworfen, begann er zu grübeln. Alle Probleme, so sah er es, hatten erst nach dem Umzug in die neue, die reiche Heimat begonnen, die er zu keinem Zeitpunkt als so kostbar empfand, wie es seine Großmutter beschrieben hatte. Sauber ja, ordentlich wie der Parkplatz des Kühlhauses. Aber nicht kostbar. Diesen Begriff verband er nur mit Okrekums. Zwar hatte er auch dort keine Freunde gehabt, aber nur, weil alle jungen Familien das Dorf verlassen hatten, um, wie sie selbst, in Riga oder im westlichen Ausland Geld zu verdienen. In der reichen Heimat drehte sich alles nur ums Geld, in Okrekums dagegen war ihm jeder Stein, jeder Zweig vertraut gewesen, war etwas, auf das er sich verlassen konnte. Hier, er sah sich um, lag nicht ein Kieselstein auf der Straße, und die Äste schienen angehalten, nicht über den Zaun zu wachsen. Taten sie es doch, wurden sie einfach abgeschnitten. Selbst der Staub fehlte. War er an einem so heißen Tag wie heute durch Okrekums geschlendert, gaben die Wege nach und er spürte seinen Körper, als er durch die Staubwolken hüpfte. Was sollte daran falsch sein? Wenn er es sich recht überlegte, verhielten sich die meisten hier – auch Frau Beerwald – so, als müsse er von einer Krankheit geheilt werden, als wäre er nach Deutschland gekommen, um von einer Art Fehlhaltung zu genesen. Selbst seine Sprache behandelten sie, als wäre sie eine Anhäufung von Fehlern. Dabei war alles an ihr gut. Na ja, vielleicht doch nicht, sonst würden ihm nicht so viele Worte entfallen. So wie das Wort für »Heimweh« zum Beispiel. Aber vielleicht gab es das auch gar nicht in Okrekums. Vielleicht war das ein Wort, das es nur in Deutschland gab.

Er stand auf. Blöde Tränen.

Schnell fuhr er sich mit dem Handrücken über die Augen, weil ein Mädchen auf die Haltestelle zukam. Sie setzte sich auf den mittleren Stuhl und fixierte Donald, der das wortlos zur Kenntnis nahm. Beim Hinsetzen stieß sie gegen die Wasserflasche, die umfiel.

»Tschuldigung!«

Donald stand noch immer sprachlos neben ihr. Er kannte sie nicht, hatte sie auch noch nie an der Schule gesehen. Sie trug ihr dunkelbraunes Haar zu einem Pferdeschwanz gebunden. An den Schläfen hielten rosarote Spangen die Strähnen zurück. Sie mochte in seinem Alter sein, vielleicht ein Jahr jünger.

»Ich bin Lisa! Und du?«

»Donald.«

»Wie der Donald Trump?«

»Wer soll das sein?«

»Meine Mutter sagt immer, heirate du einen Donald Trump, dann höre ich sofort auf zu arbeiten und habe alle

Zeit der Welt für dich... Irgend so ein reicher Typ aus Amerika ist das, der sich nichts gefallen lässt. Sie hat ein Foto von ihm auf dem Schreibtisch und da steht drunter *Who ever attacks me – I attack him back.*«

»Cool!« Donald setzte sich neben sie und bot ihr Wasser an. Lisa schüttelte den Kopf. Er registrierte das kaum, seine Aufregung war viel zu groß. Endlich jemand, der sich nicht über seinen Namen lustig machte.

»Worauf wartest du denn hier die ganze Zeit?«

Donald wusste nicht, was er antworten sollte.

Sie wandte sich zu ihm, befühlte seine Haare.

»Geile Farbe. Wirklich. Ich wäre auch gerne kastanienblond.«

Donald war verwirrt.

»Kastanien sind doch braun«, sagte er zweifelnd.

»Innen nicht!«, sagte sie lachend. »Aber jetzt, wo ich deine Haare angefasst habe, kann ich ja wieder rübergehen.«

Wenn sie Zeit hätte, würde sie gern mit ihm über das Innen und Außen reden, doch sie müsse wirklich los: »Ich muss packen.«

Donald fragte, ob sie in Urlaub führe.

»Schön wär's. Nein, in die Schweiz. In mein Internat. Ich bin schon seit zwei Jahren dort. Echt ätzend, aber man lernt was.«

»Und deine Eltern, vermisst du die nicht?«, fragte er.

»Nö, die haben zu tun, die Firma aufbauen und so. Die bringen mich wenigstens morgen hin, bleiben aber nur eine Nacht. Tschüss, Donald, hat mich gefreut, dich kennengelernt zu haben!«, sagte Lisa, lief über die Straße und verschwand zum Erstaunen Donalds im Haus gegenüber.

Er sah noch lange auf die Tür, die sich hinter ihr geschlossen hatte. Es war *die* Tür. Das wurde ihm erst jetzt bewusst. Auch wenn Lisa sie zugezogen hatte und ihm daher ein Blick auf das Innere des Hauses verwehrt blieb, gewannen die Dinge um ihn eine andere Präsenz, eine Spannung, die er kaum aushielt. Bisher war es einfach ein Haus gewesen, das er beobachten sollte, eine leichte Aufgabe für ihn. Jetzt aber hatte das Haus ein Gesicht und einen Namen bekommen. Lisa. Er nahm erst einmal wieder seinen Platz in der Mitte der Haltestelle ein. Am Abend würde er dem Mann berichten, dass die Leute in die Schweiz reisten. Damit war seine Aufgabe schneller erledigt, als er selbst zu hoffen gewagt hatte.

Die Haustür öffnete sich erneut. Aber es war nicht Lisa, wie er einen Augenblick lang gehofft hatte. Eine Frau kam eilig auf ihn zu. Noch bevor sie die Bushaltestelle erreichte, fing sie zu schimpfen an. Verschwinden solle er endlich, was er hier die ganze Zeit rumsitze und ihre Tochter anmache. Auf der Stelle solle er abhauen, sonst würde sie noch die Polizei holen ...

Sie stand jetzt schwer atmend vor ihm. Ihr Gesicht war blass wie ein Schluck Milch und von feuerroten Haaren umrahmt. An beiden Ohren schwang silbernes Gehänge aufgeregt hin und her. Unvermittelt beendete sie ihre Schimpftiraden, streckte Arm und Zeigefinger aus und deutete in Richtung Stadt. Als Donald, dem der Schreck in allen Gliedern saß, noch immer nicht reagierte, zog sie ihn am Arm hoch. Mit ihren spindeldürren Fingern. Donald war überzeugt, eine Hexe würde vor ihm stehen. Langsam setzte er, noch immer paralysiert von der Attacke der Rothaarigen, einen Fuß vor den anderen. Erst nach einigen unbeholfenen Schritten gewann er seine Sicherheit zurück und begann zu laufen. Am Wirtshaus angekommen, bemerkte er, dass er seinen Rucksack vergessen hatte, wagte aber nicht, nochmals dorthin zurückzugehen. Und dann wurde er so wütend, dass er nach allem trat, was ihm vor die Füße kam. Wenn er doch schon erwachsen wäre oder zumindest so stark wie Boris! Niemals hätte die Frau es gewagt, einen wie Boris am Arm zu packen!

In der Fantasie des Jungen geriet nun einiges durcheinander. Und gerade deshalb passte es so wunderbar zusammen: Er, Donald der Krieger, war von unsichtbarer Hand in das Gartenhaus geführt worden. Das rote Sofa war das geheime Zeichen der Kelten. Der Fremde, bei ihm konnte es sich nur um einen Gesandten des Ambitalus handeln, hatte ihm eine Aufgabe gestellt. Hatte er ihm nicht zu trinken angeboten? Vielleicht war das bereits ein Schluck vom Zaubertrank gewesen? Donald versuchte gleich, sein Bett anzuheben, was ihm aber kläglich misslang. Egal, dann war das Geheimnis des Tranks im Haus versteckt, das er bewachen sollte.

Er war über seine Schlussfolgerungen so perplex, dass er sich setzen musste. Seine ganzen Probleme waren gelöst. Ein Tritt von ihm und Boris würde nach Kanada zurückfliegen. Aber ohne Flugzeug. Und dann kämen dessen Freunde zu ihm gelaufen und vielleicht auch Stella-Marie. Aber die würde er Boris hinterherschicken. Er wäre derjenige, den sie *Respekt* nennen würden. Keiner würde es jemals wieder wagen, ihn anzufassen! Er taumelte von einem Traumbild zum anderen und vergaß dabei fast, dass es Zeit war, zum Gartenhaus zu gehen. Aber nur fast.

*

»Hervorragend! Gut gemacht! Deine Belohnung wartet schon!«

Donald reagierte zögerlich. Warum bekam er sie nicht jetzt sofort?

»Hast du mit jemandem über das hier gesprochen? Wer weiß von mir?«

Donald schüttelte heftig den Kopf. Nein, mit keinem habe er darüber geredet.

»Auch nicht mit der Lehrerin?«

Was wusste er über Frau Beerwald? Donald verneinte noch heftiger.

Nein, nein. Keiner wisse davon, er habe sein Versprechen gehalten!

»Du kannst gehen. Ich muss jetzt einiges erledigen. Und deine Überraschung steht noch aus! Sonntagabend um sieben kommst du wieder. Nicht eine Minute später. Du bist pünktlich! Verstanden? Und kein Wort zu irgendwem! Du kannst sicher sein, dass dir das nicht bekommen würde! Ich finde dich! Alternativ dazu …«, doch der Mann beendete seinen Satz nicht.

So machte sich Donald zwischen Angst, Erleichterung, Erwartung und einem diffusen Zweifel, was die Höhe seiner Belohnung betraf, auf den Heimweg. Er wollte den Mann eigentlich nicht noch einmal treffen, etwas Unheimliches ging an diesem Abend von ihm aus, und dieser Umstand vertrieb das Hochgefühl des vorangegangen Tages. Aber was sollte er machen? Er wurde nachdenklicher, je mehr er sich der Wohnung näherte. Die große Hitze des Tages war verschwunden und von allen Seiten kam Bewegung auf. Autos mit Anhängern, Hobbygärtner mit Harken und Schaufeln, Weinbergschützen, die Gewehre geschultert. Auf der Streuobstwiese standen Säcke mit Äpfeln oder Birnen und Körbe voller Zwetschgen, über denen sich Trauben von Wespen versammelten. Der gestrige Sommerregen hatte lange genug angehalten, um allen Staub von den Bäumen zu waschen, und so glänzten die Blätter, als wäre ein Reinigungstrupp durch die Äste gefegt. Donald hatte weder für die Schönheit einen Blick, noch nahm er den wunderbaren Geruch wahr, der, getrieben von einem leichten Abendwind, fast greifbar den Weg durch die Wiesen suchte.

In der Wohnung angekommen, nahm er sein Schreibzeug und setzte sich, am Füllhalter kauend, an den Küchentisch.

»Liebe Omīte, mir geht es gut. Geht es dir auch gut? Du hast mir immer noch nicht geschrieben, wie das Kalb von Madeleine heißt. Wie geht es Gustav und Lieschen?« Mehr wollte ihm einfach nicht einfallen. Kurzzeitig überlegte er, von der Belohnung zu schreiben, die ihn bald erwartete. Ließ es dann aber bleiben. Großmutter würde damit nicht einverstanden sein und erzählte womöglich dem Vater am Telefon davon. Und überhaupt, so wie die Sache aussah, hatte der Mann gar nicht so richtig von Geld gesprochen. Und an den Zaubertrank glaubte er schon längst nicht mehr. Wenn er ihm bloß nicht so ein olles Taschenmesser schenken würde, wo nicht einmal eine Säge dran wäre, oder sonstigen Schrott. So berichtete er seiner Großmutter nach langem Überlegen von Lisa, die auf eine Internatschule in der Schweiz ging. Das war etwas, was ihr sicher Freude bereiten würde; Mädchen gehörten ihrer Meinung nach nicht zum »schlechten Umgang«, wobei sie ihre Ansicht schnell geändert hätte, wäre ihr Stella-Marie über den Weg gelaufen! Überhaupt wurde es immer schwieriger, seiner Omīte von sich zu berichten, deshalb schnitt er aus einem Prospekt die Abbildung eines Fahrrads aus. Er schrieb darunter, dass er es sich bald kaufen könne, weil er nebenbei Geld verdiene. Weil es sich um ein großes Foto handelte, war die Seite voll und er brauchte nur noch seinen Namen daruntersetzen. Und ein ganz kleines Herz. So viel Platz fand sich doch noch. Sein Vater war nicht da. Aber wenigstens war der Kühlschrank gefüllt. Er trank eine Limo, suchte nach einer Briefmarke und verließ, den Brief in der Hand, die Wohnung.

Der Wecker war laut wie eine Kirchturmglocke – oder läuteten beide gleichzeitig? Donald gelangte aus dem Tiefschlaf ins Chaos seiner Erlebnisse. Etwas stimmte nicht, er konnte es förmlich riechen. Am Fenster stehend begriff er sofort: Boris war zurück! Boris, der aus der Wirtschaft gewankt kam. Mitten am Vormittag und schon total zu, dachte Donald kopfschüttelnd. Die rot-weißen Haare waren weg, wahrscheinlich hatte er sie einfach nur abrasiert, weil das Thema Kanada beendet war. Er näherte sich den Glatzköpfen aus der Kreisstadt immer mehr an. Fehlten nur noch die Springerstiefel und dass er seine osteuropäischen Vasallen vertrieb. Aber die würden sich das nicht gefallen lassen, sie waren bei Boris in eine gute Schule gegangen. Donald war der Mund ganz trocken geworden. Der Unterricht begann erst in zwei Wochen, aber das Ferienende stand schon jetzt wie eine siebenköpfige Schlange vor ihm. Gerade so viele Köpfe zählte Boris' Gang. Betrunken war Boris noch viel gefährlicher!

Nach dem unabwendbaren Einkauf rannte Donald so schnell es nur ging in Richtung Wirtshaus und war erleichtert, als das Schild mit dem Schwan vor ihm auftauchte. Wieso die hässliche Gaststube nach so einem schönen Vogel genannt wurde, war ihm immer wieder ein Rätsel. Noch bevor er im Eingang verschwinden konnte, hörte er Mehmet rufen: »Hey Alter! Dein Rucksack. Nimm ihn mit oder ich mache einen Döner draus!«

Donald war durcheinander: »Wo kommt der denn her?«

»Ne Tussi hat ihn vor euer Haus gestellt. Gestern Abend. Da steht deine Adresse drauf.«

Mehmet hatte den offenen Beutel so gehalten, dass Donald das Sichtfenster mit seiner Anschrift erkennen konnte.

Die Stunden bis zum Abend verbrachte er im Bett, so dass sein Vater schon mutmaßte, er wäre krank. Er ließ ihn in dem Glauben, trank dankbar den Tee mit Honig, den Juris ihm brachte, und war noch dankbarer dafür, dass er in Ruhe gelassen wurde. Nur einmal, nachdem das Telefon geläutet hatte, steckte sein Vater den Kopf herein:

»Frau Beerwald. Willst du?«

Donald winkte ab, murmelte etwas von der nächsten Woche und verschwand unter der Decke.

Er konnte nicht ahnen, dass Karin Beerwald in diesem Jahr vor allem seinetwegen auf den Sommerurlaub verzichtet hatte. Eine Ägyptenreise hatte ganz oben auf ihrer Wunschliste gestanden. Diesmal jedoch wollte sie auf eigene Faust die Altertümer und vor allem die Pyramiden bestaunen. Etwas mulmig war es ihr schon gewesen bei dem Gedanken, aber eine Gruppenreise kam für sie kein zweites Mal in Frage. Ihr damaliges Erlebnis war immer noch zu präsent: Im Gänsemarsch musste sie zwischen Zwangsverbündeten taumelnd in großer Hitze kulturschwangere Fassaden betrachten. Die eloquenten Erläuterungen der Reiseführerin hatten schon am zweiten Tag nur noch genervt und auch in ihren Hotelzimmern war ihr das Einschlafen unmöglich gewesen. Bis zum Morgengrauen stand sie am Fenster oder auf einem Fußbreit Balkon an das geschmiedete Gitter gelehnt. Unter ihr rauschte ein

wütender Lindwurm aus Scheinwerfern mit einem Höllen-
lärm durch die Straßen, vergrößerte sich mehr und mehr,
als wolle er Wunden in die Stadt schlagen. Nach der Hälfte
des geplanten Aufenthalts war sie abgereist, sie erinnerte
sich, es war zwischen Luxor und Hurghada gewesen. Helm,
dem sie davon berichtete, sah die Ursache in ihrer – wie er
es immer nannte – *sozialen Inkompatibilität*. Seit sie sich entschlossen hatte, ihm wieder den Laufpass zu geben, ging es
ihr besser. Und erstaunt stellte sie darüber hinaus fest, dass
ihr Entschluss, sich um Donald zu kümmern, sie auch besser schlafen ließ. Die Verhaltensweisen ihrer Schüler, er-
wartungsvoll, gelangweilt, aufmerksam oder trotzig zu
sein, all das fand sie in ihm. Eine Kraft, die zu versanden
gedroht hatte, kam zurück und dieses Gefühl war einer
Befreiung gleichgekommen. Sie hatte die junge Referen-
darin wieder gespürt, die zwanzig Jahre zuvor das erste
Mal mit freudigem Elan und der tiefen Überzeugung vor
eine Klasse getreten war, es der ganzen Pädagogen-Clique
zeigen zu können. Wie schnell hatte sie sich dann die
Krone der Selbstüberschätzung absetzen und gegen die
Realität und das Curriculum eintauschen müssen. Erst in
diesen Tagen, scheinbar über Nacht fünfundvierzig Jahre
alt geworden, war wieder etwas in ihr erwacht.

Die Aufregung wegen der geplanten Aktion war ihm auf den Magen geschlagen. Er hatte sich vor der Hütte übergeben und gehofft, dass ihn nicht zufällig ein Spaziergänger bemerkt. Seinem Ziel so nahe, verwarf er jeden anderen Gedanken. Jetzt kein Risiko mehr. Das war er schon mit dem Jungen eingegangen. Seltsam hatte sich der verhalten. Er war drauf und dran gewesen, ihm noch einmal klarzumachen, was mit Verrätern passiert.

Der Mann holte sein Werkzeug aus der Schublade. Er hatte alles durchdacht. Heute holte er sich, was ihm gehörte. Dann ab nach Kairo. Seinen echten Pass konnte der deutsche Staat in ein Grab legen. Mit allem, was von seinem früheren Leben noch übrig war.

Es war leichter, als er sich es vorgestellt hatte. Sogar der Schlüssel für die Kellertür passte noch. Das Gesuchte lag im Blindrohr hinter einer Gipskartonwand, niemand hätte hier ein Versteck vermutet. Er sagte doch immer, in seinem Job kenne er sich aus. Er würde den Frühzug nehmen morgen, schon am frühen Nachmittag in Brüssel sein und von dort per Flugzeug bis zum Abend sein Ziel erreicht haben. Alles exakt geplant. Blieb noch das eine Problem: der Junge, der ihm Bauchschmerzen bereitete. Er konnte kein Risiko eingehen, so kurz vor dem Ziel. Und mit diesem Gedanken begann er seine Spuren im Gartenhaus zu beseitigen.

Pünktlich um sieben Uhr abends sollte er bei dem Mann sein und Donald wollte rechtzeitig aufbrechen. Er hatte weder an Boris noch an dessen Clan gedacht. Noch nicht einmal auf dem Weg vorbei an der Bushaltestelle. So wurde Donald völlig übertölpelt, als ihn auf Höhe der Dorflinde jemand am T-Shirt packte. Es war einer der Play-Twins. Boris saß breitbeinig unter dem Baum, neben ihm Kaugummi kauend Stella-Marie, einer seiner Vasallen hockte auf einem Bierkasten, zwei vor einem Mülleimer. Überall lagen Scherben auf dem Boden verstreut.

Boris' glattrasierter Schädel war von Schweißperlen übersät.

»Hey, Lette. Du hast so was von Glück, weil ein Boris keine Kinder schlägt! Ansonsten hätten wir zwei schon einen wichtigen Termin gehabt!«

Donald starrte ihn an. So ein blöder Spruch. Da wäre ihm ja eine Tracht Prügel lieber! Er wollte weiter, aber die Zwillinge ließen ihn nicht gehen. Sie schoben ihn stattdessen direkt vor Boris. Der schüttelte den Kopf und zog ihn zu sich herunter.

»Tzz, tzz, wo will denn unser kleiner Schmarotzer hin mit seinem Rucksack? Was sind denn das für geheimnisvolle Wanderungen in die Natur? Findest du nicht«, wandte er sich an Stea, »dass er uns eine Erklärung schuldig ist?«

»Positiv!« Sie kräuselte ihre Nase dabei so, dass ihr abgebrochener Schneidezahn zu sehen war.

»Meine Freundin ist auch der Meinung, wie du gehört hast, und jetzt wollen wir die Herren hier befragen.« Einer spuckte die Antwort auf den Boden, die anderen glotzten vor sich hin. Das Bier schien bereits seine volle Wirkung getan zu haben.

»Und weil es uns heute Abend so gut reinpasst, wollen wir dich begleiten. Damit dir unterwegs nichts passiert! Denk mal, ich bin dein Schutzengel. Und der hat seine Augen überall!« Boris sah ihm geradewegs ins Gesicht.

Er gehe nirgendwo hin, antwortete Donald schnell, nur so. Bei einem Blick auf die Kirchturmuhr, die er vom Rand des Vororts aus kaum entziffern konnte, stellte er entsetzt fest, dass er nur noch eine Dreiviertelstunde Zeit hatte. Ihn erfasste Panik. Es war nicht die Belohnung allein, er wollte sich gar nicht ausdenken, was ihn erwartete, wenn er sich nicht genau an die Anweisungen des Mannes hielt. Alle Kraft bündelnd, versuchte er wegzurennen. Aber der Junge auf der Bierkiste stellte ihm ein Bein und Donald flog der Länge nach hin.

»Hoppla!«, sagte Boris, »nicht stolpern!«

Als sich Donald aufrappelte, sah er, wie Mehmet auf seinem Fahrrad angeradelt kam. Er musste seinen Dönerstand später als sonst geschlossen haben. »Nicht auch das noch.« Mehmet stieg ab und wollte von Donald wissen, ob es Probleme gebe.

Boris schrie fast: »Verzieh dich, du Scheißtü... du anatolischer Dönerspieß!«

»Willst du auf die Fresse, du stinkende Mostbirne!?«

Sie starrten sich an. Der Clan auf der einen, Mehmet auf der anderen Seite. Dann lenkte Boris ein. Er hatte erkannt, dass der Gegner die schärferen Argumente besaß. Sie steckten in einem Lederfutteral, das um Mehmets Hals hing. Er habe sich nur mit seinem Freund unterhalten wollen und Probleme seien nie da, wo er, Boris, sei. Also könne der freundliche Dönerstandbesitzer unbesorgt das Weite suchen.

»Soll ich dich nach Hause bringen?« Mehmet war nicht zu beruhigen, aber Donald wehrte ab. Es sei wirklich alles in Ordnung. Fieberhaft überlegte er einen Moment, ob er mit Mehmet gehen sollte, aber wieder zurück bis zum »Goldenen Schwanen«, da würde er auf keinen Fall mehr rechtzeitig zum Gartenhaus kommen. Lieber auf eine Gelegenheit warten, Boris abzuschütteln.

Mehmet stieg nicht wieder auf sein Rad. Er schob es langsam weiter. Mehrmals schaute er zurück zur Linde, wo Donald wieder neben Boris saß. Der fluchte noch eine Weile hinter Mehmet her, jedoch so leise, dass es in den Zweigen des Baumes verklang. Erst als das Fahrrad nicht mehr zu sehen war, sprang Boris auf und brüllte:

»Du bist tot, Mann!«

Dann, scheinbar völlig gelassen, ließ er sich erneut auf den Boden nieder und legte Donald einen Arm um die Schultern.

»Nun wollen wir uns doch wieder unserem Freund hier widmen!«

Es war ein Gefühl, als stecke er in einem Schraubstock. Boris krallte sich förmlich fest. Es gab keine Chance, dem Griff zu entkommen. Dann bombardierte Boris Donald mit Fragen. Was es in der Laubenkolonie so Interessantes gebe, was er bei der Lehrerin zu suchen habe, wie viel er sofort abdrücken könne, wegen der Lederjacke, was er mit Mehmet am Laufen habe. Boxte ihn, weil keine Antwort kam, in die Rippen. Immer aggressiver. Donald bekam fast keine Luft mehr. Schließlich gab Boris auf. Aber nur, um ihn hochzuziehen. »Jetzt wollen wir doch endlich zu unserem Abendspaziergang kommen«, sagte er. »Unser Freund hier lässt die Uhr ja kaum noch aus den Augen. Also los.«

Es war richtig, Donald hatte immer wieder auf den Kirchturm geschaut und schließlich erkennen müssen, dass ihm die Zeit kaum mehr reichte. Selbst wenn es ihm gelänge, jetzt, wo Boris ihn losgelassen hatte, wegzu-rennen. Aber der würde sich sowieso nicht abschütteln lassen. Auch Stella-Marie und die anderen waren aufge-standen, umringten Donald und zerrten und zogen an ihm.

»Hey, Alter! Loslassen! Sofort!«

Mehmet war zurückgekommen. Im Schlepptau hatte er seine beiden Brüder und einen anderen Verwandten. So-fort ließ die Clique von Donald ab. Boris zog sogar noch Donalds T-Shirt gerade und hob dann beide Arme be-schwichtigend nach oben.

»Meine Herren! Kein Problem. Der Junge wollte eben nach Hause gehen. Und wir auch«, sagte er und ver-schwand mit Stella-Marie im Arm. Die Zwillinge maulten noch ein wenig, entschieden sich dann aber, wie auch der Rest der Bande, für Rückzug. Den Bierkasten nahmen sie mit.

Donald war jetzt in türkischen Händen und wurde sicher bis vor die Haustür geleitet. Und auch, als er kurz darauf aus dem Fenster schaute, standen sie noch immer auf der Straße und schauten immer wieder zum Gasthaus herüber. Es war aussichtslos. An diesem Abend würde er vermutlich keinen Schritt mehr vor das Haus machen können. Wie zur Bestätigung sah er, kurz nachdem Mehmet und die Seinen endlich verschwunden waren, Eugen und seinen Vater kommen. Die Wohnungstür wurde geöffnet und wieder geschlossen.

Juris Wagner trat in Donalds Zimmer und sah, dass sein Junge in einem Buch las.

*

Der vergoldete Schwan über der Eingangstür eignete sich nicht wirklich als Steigbügel. Aber von dort war der Mauervorsprung mit etwas Glück zu erreichen. Es gelang Donald und so landete er schließlich ziemlich unsanft unten auf der Straße. Aber er spürte den Schmerz nicht und rannte gleich los. Ohne sich umzuschauen, ohne eine Verschnaufpause, hatte er das Gartenhaus erreicht. Die Tür war wie immer nur angelehnt. Donald öffnete sie zögernd. Völlig außer Atem hatte er noch einen Augenblick gewartet, um sich zu beruhigen. Im Inneren der Hütte war es stockfinster und still, absolut still. Er tappte im Dunkeln nach vorne, blieb nach zwei Schritten stehen.

Hatte er bis dahin nur daran gedacht, dass er absolut zu spät kam, es war eine Stunde vor Mitternacht, setzte in dieser Stille eine fürchterliche Angst ein. Sie griff stärker nach ihm als Boris' Hand, drang tiefer in sein Inneres, als etwas anderes es je zuvor getan hatte. Er dachte an die Hühner, denen der Kopf abgeschlagen wurde, und glaubte mit einem Mal zu wissen, wie es sein würde, getötet zu werden. Aber ihm geschah nichts. Der Mann war weg, dessen war er sich plötzlich sicher. Seine Lähmung ließ allmählich nach. Er machte schließlich einen Schritt nach vorn, rumpelte gegen den Tisch. Der Lärm ließ ihn zusammenzucken. Um zu Kerzen und Streichhölzern zu gelangen, musste er im Regal umhertasten. Schließlich fand er das Gesuchte und zündete mit zittriger Hand ein Streichholz an. Die Kerze spendete nicht wirklich Helligkeit. Sie warf nur einen kleinen Lichtkreis. Trotzdem konnte Donald sehen, dass nichts mehr im Raum herumlag, alles war ordentlich. Selbst die Zeitungen und Konservendosen waren verschwunden. Er hoffte, einen Umschlag, einen Beutel oder wenigsten eine Nachricht zu finden, suchte alles ab, aber hier war nichts für ihn hinterlegt.

Die Angst wich einer tiefen Enttäuschung. Erschöpft setzte er sich auf das Sofa. Im schwachen Lichtkegel schien ihm die niedrige Decke mit einem Mal zum Greifen nah. Und plötzlich erinnerte Donald die Hütte an das Grab des Keltenfürsten. Er wollte los, doch etwas hielt ihn an diesem düsteren Ort. Wie in Trance schob er den Gartentisch zur Seite, nahm vier weitere Kerzen vom Regal und stellte sie inmitten des Raums auf. Seine flackernde

Kerze stellte er in den Brennpunkt des entstandenen Quadrats. »Dem Bösen das Licht nehmen«, nannte die Großmutter diese Zeremonie. Immer wenn die Trauer über den Tod der Mutter zu groß geworden war, stellte sie für ihn einen Lichtzirkel her. Jeder Not war eine Kerze zugeordnet. Die mittlere symbolisierte ihn. Dann löschte sie die Sorgenlichter mit geübten, heftigen Handbewegungen aus.

Jetzt, in dieser Nacht, war der Moment gekommen, es selbst zu versuchen. Er nahm ein weiteres Streichholz und zündete den Docht der Kerze an, die für den Handwerker stand. Dann eine für Boris, eine für Stella-Marie und die letzte für alles, was ihn sonst noch erwarten konnte. Die Aufgabe erforderte höchste Konzentration. Ungeübt wie er war, benötigte er zum Auslöschen der ersten Flamme viel Zeit. Einmal stockte ihm der Atem, als seine eigene Kerze auszugehen drohte. Doch sie hielt stand und obwohl sie bedenklich flackerte, brannte sie weiter. Die anderen waren danach schnell bezwungen.

Es war ihm geglückt, doch ein Gefühl der Geborgenheit, wie er es bei seiner Großmutter erlebt hatte, stellte sich nicht ein. Aber etwas anderes, Unbekanntes trat an dessen Stelle. Das muss an der Hütte liegen, dachte er, vielleicht aber auch daran, dass es keine lettischen Kerzen waren. Rasch verwischte er seine Spuren, stellte die alte Ordnung wieder her und verließ die Hütte. Auf dem Heimweg sah er sich nicht ein einziges Mal um.

Sein Vater würde nicht aufwachen, wenn er die Wohnung betrat. Eugen war mit ihm gekommen und in Nächten, die solchen Abenden folgten, hätte das Haus einstürzen können, ohne dass Juris aufgewacht wäre.

Aber der hatte bemerkt, dass sein Sohn in den folgenden Tagen still und in sich gekehrt war.

*

Er war wieder nicht zum Nachhilfeunterricht erschienen und am Telefon hatte er sich verleugnen lassen. Karin machte sich immer größere Sorgen um Donald. Es war eine Sache, dass er lieber seine Ferien genoss als zu lernen, eine andere aber war, dass er überhaupt nicht mehr bei ihr vorbeischaute. Und einfach so wegzubleiben passte gar nicht zu ihm.

Sie hatte sich entschlossen, zum Gartenhaus zu gehen. Inzwischen war es September geworden und die Weinlese stand bevor. Wie üblich würde die halbe Region unterwegs sein, um die Trauben zu ernten. Karawanen von Traktoren tuckerten bald mit den süßen Früchten die Feldwege entlang und überall herrschte fröhlicher Lärm. Selbst Vögel durften daran teilhaben. An jedem Rebstock – manchmal auch nur an jedem zweiten – blieb ein kleiner Rest für sie hängen. Das war ein ungeschriebenes Gesetz.

Karin freute sich zum ersten Mal auf diese Zeit. Am verwilderten Grundstück angekommen, hielt sie inne, wollte es nicht mehr betreten. Stattdessen nahm sie den Weg zum Hügel, ließ sich auf der Anhöhe nieder. Im Tal zeigten die Laubbäume bereits eine frühe, zarte Buntfärbung der Blätter.

Als es neben ihr raschelte und Donald neben ihr stand, ließ sie vor Schreck den Apfel fallen, den sie unterwegs gepflückt hatte.

»Achtung! Ameisen!«, sagte er und hob ihn schnell auf. Dann setzte er sich neben sie. Kein Wort mehr für eine lange Zeit.

Schließlich sprach Karin Beerwald vom neuen Schuljahr, das bald beginnen würde. Sie fragte ihn, ob er mitkäme, wenn sie ihren Vater besuche. Sein Fernbleiben sprach sie nicht an.

»Auch den Professor? Der den Nobelpreis ablehnt!?«

»Ja, den auch«, gab sie ihm zur Antwort. Wieder schwiegen sie lange.

Am Sonntag habe er Geburtstag, sagte Donald, zwölf werde er schon, und dann sehr leise: »Ich brauche Ihre Hilfe. Bitte.«

Und ich die deine, dachte Karin, während ihr Blick auf das Gartenhaus fiel, wo sie erstaunt einen kleinen Zweig mit roten Blättern entdeckte, der über den maroden Zaun hinausragte. Er gehörte zu einem Ahornbäumchen, das sich durch die Wildnis gekämpft hatte.

***

Neue Literatur in der Frankfurter Verlagsanstalt
(eine Auswahl)

Nora Bossong. WEBERS PROTOKOLL
Roman. 284 Seiten, gebunden
„Ein Roman voller literarischer Untiefen und menschlicher Abgründe, der nicht allein für kommende Bücher ihrer Generation eine unübersehbare Wegmarke setzt." DEUTSCHLANDFUNK

Hans Christoph Buch. REISE UM DIE WELT IN ACHT NÄCHTEN
Ein Abenteuerroman. 256 Seiten, gebunden
Ein spannender Reiseroman, der ebenso kritisch wie humorvoll von einzigartigen Beobachtungen und Begegnungen aus den Randzonen unserer globalisierten Welt erzählt.

Ernst-Wilhelm Händler. WELT AUS GLAS
Roman. 608 Seiten, gebunden
Durchsichtig und doch unnahbar, lebendig und doch unbewegt ist die Welt aus Glas. Im neuen großen Roman von Ernst-Wilhelm Händler ergänzen sich ‚action' und ‚reflection' auf atemberaubende Weise.

Zoë Jenny. DAS PORTRAIT
Roman. 205 Seiten, gebunden
„Ein Künstlerroman reich an unterschwelliger Symbolik, gesehen mit den Augen einer Malerin." FOCUS

Bodo Kirchhoff. EROS UND ASCHE
Ein Freundschaftsroman. 278 Seiten, gebunden
„Bodo Kirchhoffs ganz wunderbarer Roman einer ‚unerledigten Liebe', die weit ausschschwingende, zögernde Annäherung an eine Freundschaft, von der im 30. Kapitel Abschied genommen wird, nachdem zwei Leben mäandernd erzählt sind." DIE ZEIT

Gert Loschütz. DAS ERLEUCHTETE FENSTER
Erzählungen. 223 Seiten, gebunden
„Loschütz bestätigt mit diesem Buch, dass er der David Lynch der deutschen Literatur ist. Wie beim amerikanischen Kultregisseur auch liegt alles offen dar, ist genauestens beschrieben und bleibt doch ein Rätsel." DEUTSCHLANDFUNK

Quim Monzó. TAUSEND TROTTEL
Erzählungen. 142 Seiten, gebunden
Mit zarter Melancholie, unerschrockener Klarheit und raffiniertem Witz lässt der Katalane seinen Lesern kleinste Tränen übers Gesicht kullern, während sie im gleichen Moment schon vor Lachen auf dem Boden liegen.

Alfred Neven DuMont. REISE ZU LENA
Roman. 255 Seiten, gebunden
„Keine Gelegenheitsarbeit, sondern ein literarischer Wurf. ‚Medienzar' Neven DuMont offenbart sich als veritabler Autor – die Überraschung dieses Bücherfrühlings." Focus

Marion Poschmann. HUNDENOVELLE
128 Seiten, gebunden
„Es ist die präzise Komposition, die neben der geschliffenen, ‚glitzernd' polierten Sprache dieser Prosa besticht." DIE ZEIT

Minka Pradelski. UND DA KAM FRAU KUGELMANN
Roman. 256 Seiten, gebunden
„Das ist wunderschön! Wir haben dieses Buch beide sehr geliebt."
ELKE HEIDENREICH & IRIS BERBEN in der TV-Sendung LESEN!

Thomas von Steinaecker. SCHUTZGEBIET
Roman. 381 Seiten, gebunden
Heimliche Liebschaften, offene Intrigen und ein großes, wahnwitziges Projekt: die Aufforstung der afrikanischen Steppe mit deutschem Wald.

Jean-Philippe Toussaint. FLIEHEN
Roman. 178 Seiten, gebunden
„Manchmal kommen sie doch noch aus Frankreich, die Bücher, die man von den Franzosen erwartet. Bücher über die Liebe. In wunderbar poetischer Zartheit schildert Toussaint ein Zueinanderfinden von so makelloser Klassizität, dass man wieder daran glauben möchte, dass dies möglich sei: Liebe und Moderne zu versöhnen." DIE WELT